editora Urutau

rua do cajú, 478,
jardim das cerejeiras
06724-015
cotia-sp (brasil)

avenida peirao besada, 6 – 2D
36163 poio-pontevedra
(espanha)

[+34] 644 951 354 [espanha]
[+55] 11 9 4859 2 426 [brasil]

www.editoraurutau.com.br
contato@editoraurutau.com.br

[EDITORA]
debora ribeiro rendelli
[REVISÃO]
juliana palermo
[PROJETO GRÁFICO]
wladimir vaz
[COORDENAÇÃO GRÁFICA]
tiago fabris rendelli
[DIAGRAMAÇÃO]
victor h. azevedo
[CAPA]
victor h. azevedo, sobre gravura de jean guillaume moitte

dados internacionais de catalogação na publicação (CIP) de acordo com ISBD

K14f kalume, yussef francis
uma ficção científica pornô romântica/ yussef francis kalume — cotia : urutau, 2022. 116 p. ; 14cm x 22cm.

ISBN: 978-65-5900-329-7

1. literatura brasileira. 2. prosa. 3. romance. I. título.

2022-2409 CDD 869.8992
CDU 821.134.3(81)

elaborado por vagner rodolfo da silva - CRB-8/9410

UMA FICÇÃO CIENTÍFICA PORNÔ ROMÂNTICA

YUSSEF FRANCIS KALUME

[primeira edição]
URUTAU
agosto de 2022

sumário

[7] NOTA DO AUTOR

[9] I
[14] II
[37] III
[42] IV
[48] V
[52] VI
[62] VII
[66] VIII
[70] IX
[76] X
[82] XI
[86] XII
[91] XIII
[95] XIV
[98] XV
[102] XVI
[106] XVII

[109] EPÍLOGO

NOTA DO AUTOR

Perdoem-me os religiosos, biólogos, geólogos... enfim, religiosos e cientistas, mas este livro é uma heresia tanto num campo quanto no outro. Como o próprio título sugere, trata-se de uma ficção científica... Mas também é um livro de receitas gastronômicas, uma discussão política, uma apologia às drogas, uma ode ao hedonismo e um convite à família tradicional brasileira para participar de uma suruba... Na verdade, um monte de rodeios e teorias absurdas... Pretextos para falar de Amor.

Iniciei este romance por volta de 2006 ou 2007, como argumento para um longa-metragem, e só retornei sua escrita dez anos mais tarde, em 2017, quando idealizei este livro e dei por concluída sua história. Na época, preocupava-me o movimento crescente de pautas moralistas confundidas com pautas religiosas e entranhadas às pautas políticas, substituindo-as, ganhando força, espalhando-se como vírus... Sem ter ideia do desfecho no qual tudo culminaria após as eleições de 2018. Depois dali, entre o pandemônio e a pandemia, vi-me obrigado a escrever esta nota, bem como a acrescentar um epílogo à história, tendo em vista um único objetivo: separar a pandemia narrada na ficção da atual pandemia que nos assola. Este livro não se propõe a ser uma alegoria à

COVID-19 — quando o escrevi, minha imaginação não me levaria a crer que viveria algo terrível assim tão de perto —, todavia, sim: reflete o momento político em que foi escrito. Um tiquinho de consciência e de bom senso não me permitiram fazer diferente — sentiria-me um tanto irresponsável —, uma vez que as medidas tomadas pelas personagens para escapar ao tédio na pandemia da ficção, em grande parte, se colocadas em prática nesta que enfrentamos, seriam, no mínimo, catastróficas — embora deliciosas, confesso.

Desculpas à parte, antes que o futuro distópico aqui apresentado torne-se passado e, este livro, obsoleto, dedico sua história sem pé nem cabeça às minhocas...

I

Para Emílio, sexo era como um bom filme: instigante desde o início, com bastante ação no meio e aquele suspense que precede o clímax. Em sua analogia, *trepar* seria um documentário da vida selvagem, *transar* era novela das sete, e *fazer amor*, quase uma ficção científica. Foder? *"Foder é um romance"*, como costumava dizer: *"Fudê"* — falado assim mesmo, com *U* e acento circunflexo no *E*.

— Parece francês — justificava, fazendo biquinho e tudo mais, por isso achava romântico: — *Fudê...*

— E desde quando foder é romântico? — retrucava Moema, de quem se tornara amante.

— *Foudet, mon amour. Foudé...*

Moema era casada com um bicheiro trinta anos mais velho. Casou-se ainda nova e gostava do marido. O problema era a diferença de idade: anos se passaram e ele já não... Enfim, volta e meia, ela procurava Emílio para fazer um documentário. Ele, por sua vez, acreditava viver um romance, sem saber que essa história toda descambava para uma ficção científica.

Aconteceu em um encontro na casa de campo, quando o marido viajava a negócios com o jogo do bicho e a esposa aproveitou sua ausência para apostar no 21, o Touro. Ficaria uma semana fora, e os dois teriam tempo suficiente para gozar todo e em todo o espaço daquele sítio isolado na serra.

Emílio havia acordado cedo. Catou algumas minhocas no jardim, enchendo uma lata, e foi pescar. Mal lançou o anzol e já fisgara um peixe, quando Moema lhe veio, ainda de camisola, com duas taças nas mãos. Deixando a pescaria de lado, brindaram à vida, refrescando o hálito do dia anterior com vinho e misturando-os — hálito e vinho — com beijos. Sem ninguém para constrangê-los, nem mesmo vizinhança, deitaram-se na grama e mais uma vez treparam — chamem como quiser — à beira daquele lago.

Ainda deitados, enquanto terminavam o vinho, Emílio pegou a lata de iscas e, um tanto embriagado, viajou numa história sem pé nem cabeça, como as minhocas na lata:

— A orgia mais perfeita do universo é esta — disse, mostrando-lhe as minhocas.

— Como assim?! — Moema quase engasgou. — Como foi que chegamos a esse assunto, mesmo?

— Observa! Vê o anel em volta do corpo? É o órgão sexual da minhoca, ao mesmo tempo macho e fêmea. Basta encostar! Imagina quantas minhocas cabem ao redor desta daqui — disse, esticando uma entre os dedos. — Agora, pense quantas cabem em volta das outras, e mais outras... todas conectadas entre si, hermafroditas, dando e recebendo simultaneamente. É a *Suruba Divina!*

— Suruba Divina? Como consegue pensar em sacanagem olhando para um bicho nojento desses?

A verdade é que Emílio pensava em Moema até mesmo numa suruba. Já ela, mesmo com Emílio, fechava os olhos e imaginava o velho marido. Funcionavam bem assim, não havia espaço para ser de outro jeito: sem cobranças, salvo o cuidado com o esposo ciumento; apenas sexo — pelo menos para ela. Emílio é que, às vezes, punha minhocas na cabeça e idealizava demais.

À noite, porém, quando temperava o peixe que pescou, algo de estranho lhe aconteceu, não sabendo se se tratava de um sonho ou de uma lembrança. Começou com um barulho de carro, uma dor forte na cabeça e uma visão: Moema estava sentada na poltrona em sua frente, de pernas abertas, sem as roupas de baixo... os olhos arregalados como num transe. Foi quando sua boceta falou. Sim, Emílio viu — um tanto admirado — os grandes lábios de sua vagina mexerem-se, dizendo claramente: *"Foge!"*. E dela vinha uma forte luz, como um portal onde Emílio entrou e sumiu entre as suas pernas.

Reapareceu no centro de uma cidade devastada que lhe parecia familiar — muito embora tomada pela vegetação e em ruínas — quando se viu cercado por uma multidão enfurecida que esbravejava contra ele: *"Libido! Libido!!!"*. Todos, sem exceção, homens e mulheres, nus e completamente sem pelos — nem na cabeça, nem em parte alguma.

Emílio, embora fosse o único usando roupas, chegara àquele lugar com a lembrança e o cheiro de Moema ainda presentes em sua mente e corpo, ou seja: de pau duro.

Alertado pelos gritos, outro grupo apareceu correndo, formado por pessoas ainda mais estranhas: umas possuíam chifres como os de bode, outras tinham escamas na pele — às vezes, até penas. Também estavam nuas, trajando somente uma faixa no peito que lhes conferia um ar de autoridade. Vinham com laços e porretes nas mãos:

— Faz tempo que não aparecem destes — disse um soldado com focinho de porco. — Vai direto para a castração!

Percebendo a ameaça, Emílio não teve outra escolha a não ser correr, perseguido pela multidão:

— Pega! — gritavam uns.

— Capa! — gritavam outros.

— Já broxei! Já broxei!!! — berrava, desesperado, o pobre Emílio.

Alguns guardas apenas uivavam como cães, reunindo outros atrás do fugitivo. Emílio corria tão rápido quanto o medo lhe capacitava por ruas tomadas pelo mato, onde o asfalto era apenas uma lembrança, uma mancha escura a persistir no chão, em que cipós e trepadeiras cobriam prédios abandonados e animais selvagens transitavam por entre as pessoas. Reconhecia o lugar — em condições bem diferentes, é claro —, mas estava por demais confuso e apressado para conseguir identificá-lo. Adiante, avançando pela cidade parcialmente destruída, uma imensa floresta onde Emílio buscou refúgio. Driblando árvores, espinheiros e resquícios de construções há tempos esquecidas na mata densa, escondeu-se entre as raízes de uma figueira, cobrindo-se com um monte de folhas secas — deitado e em silêncio — até não mais ouvir as vozes de seus perseguidores. Os uivos, no entanto, persistiam e, ao cair da noite, já não sabia distinguir se vinham dos guardas ou de lobos.

Nem mesmo percebeu em que momento dormiu, apenas sonhou e, no sonho, era carregado por uma ambulância — podia, inclusive, ouvir o som da sirene. Perguntava por Moema ao médico que lhe media o pulso, mas ele nada respondia.

— Que maldade... — ouviu de uma voz feminina, provavelmente, uma enfermeira.

O médico, até então em silêncio, dando-lhe um leve tapa no rosto, sussurrou em seu ouvido:

— Acorda, rapaz!

Encontrava-se novamente na floresta, e já havia amanhecido. Agachado diante dele, um homem com a barba comprida e descuidada:

— Pensei que estivesse morto — disse-lhe o estranho.

— E não estou? — perguntou Emílio, sem entender bulhufas do que acontecia.

II

A convite, Emílio seguiu o estranho até a sua casa em busca de comida e, quem sabe, alguma informação. Andaram por horas pela mata fechada e chegaram a um descampado onde pastavam milhares de ovelhas que mais pareciam bolas de lã, grandes como as lhamas e que, diferentes das ovelhas convencionais, possuíam não dois, mas três chifres na cabeça. Eram as únicas companheiras daquele homem solitário, por isso o apelidaram de Pastor, como o mesmo apresentou-se.

Percebendo o rapaz faminto, ofereceu-lhe um cozido de cordeiro e uma jarra d'água. Enquanto Emílio devorava a refeição, o Pastor revirava uma velha caixa de ferramentas. A solidão fazia dele a melhor pessoa que Emílio poderia encontrar para responder suas dúvidas. Aquela visita era bem-vinda, e, sendo tão raras as oportunidades de conversar com alguém, estava disposto a falar sobre tudo — contar a história do mundo, se lhe fosse permitido. Emílio sequer precisou esforçar-se para iniciar um diálogo.

— Tentou comer alguém? — interrogou o Pastor, ao que Emílio quase engasga com a comida. — Você fugia da castração, não?

— Pelo menos é o que gritavam atrás de mim. Como você sabe? — perguntou desconfiado.

Ficou ainda mais assustado ao ver o homem aproximar-se com uma tesoura e uma navalha em punho.

— Tá estampado na tua cara, na cabeça... no corpo inteiro — respondeu o Pastor, passando-lhe a mão da nuca ao queixo, escorregando-a pelo peito e deixando Emílio apavorado. — Toma! Raspa todo o pelo do teu corpo! — completou, entregando-lhe a navalha e a tesoura em mãos. — Depois, entregue as roupas para que eu possa queimá-las.

Sentiu grande alívio ao perceber que não seria capado. No entanto, outro medo o assolava naquele momento: por que diabos queria que raspasse o corpo? O que pretendia fazer com ele assim, totalmente pelado? Antes que ousasse perguntar, já preparado para sair dali correndo, o Pastor resolveu-lhe o caso.

— Só existem dois tipos de humanos com pelos, meu amigo: alguns *Híbridos* e nós, os *Libidinosos*. Se você pretende manter-se neste mundo e não ser castrado, é melhor parecer-se com as pessoas daqui.

Sem pensar duas vezes, Emílio fez conforme aconselhou o Pastor. Enquanto raspava-se, outra dúvida pairava no ar:

— Por que o senhor mantém os pelos? Por acaso eles te...

— Não, nada disso! Também escapei — interrompeu o Pastor. — Apareci aqui que nem você: acordei e o mundo estava assim. Por muito tempo fiquei foragido, o criminoso mais procurado, o único Libidinoso que ainda restava. Os demais haviam sido castrados ou morreram de tédio. Um dia, cansado de tanto fugir, propus um acordo...

— Que acordo? — perguntou Emílio, sondando alguma chance que lhe trouxesse a mesma sorte.

— Ovelhas, meu caro. Não apenas cuido delas, também as produzo em laboratório. Após a nova onda de gripe aviária, suína e o mal da vaca louca, veio a *febre dos peixes*. A carne de ovelha tornou-se a única opção saudável para consumo, e a sua procura aumentou tanto que quase foram extintas. E teriam sido, caso eu não as trouxesse de volta; daí o acordo: abasteceria o mercado com a carne e, em troca, passaria o resto da vida isolado nesta fazenda. Livrei-me da castração e até hoje me pergunto se fiz um bom negócio. Pelo menos deixei de ser uma ameaça para eles e vice-versa.

— Mas de que ameaça você está falando? E por que queriam me capar?

— A tua libido é a ameaça! Depois da Peste, sexo tornou-se terrorismo. É melhor sair na rua com um *coquetel molotov* em mãos do que ficar excitado. Sexo agora é crime! Aliás, entre humanos, já deixou de existir faz tempo...

— De qual peste você está falando? A Aids?

— Aids??? De que tempo você é? A Aids foi erradicada há séculos! Refiro-me à *Peste Célibe*, surgida logo após a Grande Guerra. O mundo estava desolado, e a tristeza era tamanha, que os sobreviventes criaram laços, cuidavam uns dos outros e compartilhavam tudo o que tinham: abrigo, alimento, o calor de seus corpos, inclusive, todas as formas de afeto. O sexo era livre, e a humanidade, assim, se reconstruía e superava os seus traumas... até surgir a Peste. Depois disso, o mundo voltou a ser egoísta como antes. Ela se manifestava durante o ato sexual e, em poucos minutos, restava apenas a carcaça emaranhada do casal infectado. Nada se sabia sobre a doença, nenhuma forma de prevenção verdadeiramente eficaz, e se alastrou rapidamente por todo o mundo. Mais e mais pessoas morriam, e, mesmo havendo exceções, o sexo passou a ser proibido. Na época, fizeram várias campanhas de combate à Peste cujo intuito era um só: apavorar a população. Achavam que o medo seria a melhor prevenção, no entanto o povo continuava com tesão, e nada mudaria isso, tampouco a repressão que se sucedeu foi capaz de deter aquela multidão carente e com os hormônios explodindo. Foi nessa época que surgiu a *Lei da Castração* e a *Organização dos Agentes de Controle,* chamados *Malthusianos* — não por acaso. A atividade sexual diminuiu muito nesse período, mesmo assim, sempre havia quem se arriscasse. Quando não morriam, eram castrados, e as mulheres presas. Caso engravidassem, eram executadas em praça pública logo após o parto. Semelhante era a sentença para os homossexuais... Aceita mais um pouco? — perguntou o anfitrião, vendo Emílio raspar a travessa com a colher.

— Aceito sim, obrigado — disse sem pestanejar. Estava com tanta fome, que nem mesmo o assunto foi capaz de tirar o seu apetite. — E o que acontecia às crianças?

— Multiplicavam-se! — respondeu o Pastor, servindo-lhe mais uma porção do cozido. — A Igreja foi a responsável por tal milagre. O Estado via-se impotente frente ao desejo sexual do povo, já que a repressão, por si só, era ineficaz. Em compensação, os discursos religiosos adquiriam força, e a Igreja desempenhou um papel importante nesse período, servindo-se de argumentos moralistas para tratar de assuntos espirituais e políticos, como sempre fez, contudo cada vez menos espirituais que políticos. E não demorou para que a Igreja assumisse o controle de tudo: tornou-se Governo, juiz e fiscal da população, cabendo ao Estado apenas a execução das sentenças. É aí que entram as crianças: vendo que a humanidade estava fadada a sumir do mapa, os recém-nascidos eram entregues aos sacerdotes na promessa de serem doutrinados a uma vida casta e santa, porém o que lhes interessava eram suas células-tronco. Diziam que *"se Deus havia criado a vida, logo, seria responsabilidade da Igreja preservá-la e seguir com os seus planos de criação"*. E convenceram a si mesmos de que *"assim como Jesus, sendo inocente, havia morrido pela humanidade, da mesma forma aquelas crianças, pois delas viriam muitas outras"*. Foi quando o Vaticano investiu bilhões em um projeto audacioso, cujo único obtivo era excluir o sexo na concepção da vida: a produção massiva de humanos em laboratório, usando as crianças como matéria-prima para a multiplicação dos clones. *"Concebidas sem pecado"*, dizia o slogan da campanha cujo lema era *"A favor da vida e da castidade"* — dois pilares, por natureza, antagônicos. Porém, o que viam como solução logo virou um problema: os *Imaculados,* como eram chamados os clones, foram modificados geneticamente para levar uma vida assexuada, sem nenhuma libido... O problema é que viviam muito: em média, uns quinhentos anos, tendo casos deles com até novecentos anos de idade. Visando a fortalecer seu exército de Malthusianos, o Vaticano havia exagerado na produção de Imaculados. A princípio, não tinham como prever tal infortúnio, até verem o mundo superpovoado por pessoas com mais de cem anos de idade e cara de trinta. Em pouco tempo, a libido deixava de existir, e, com ela, sumiram também os afetos.

— Quanto sangue em nome da vida... E pensar que já gastaram tanta energia criminalizando o aborto ou atrapalhando os avanços genéticos... Agora a Igreja sacrifica recém-nascidos? E tudo isso pra quê? Para um bando de clones viverem uma vida medíocre?

— Medíocre, monótona e longa! Não é à toa que muitos Imaculados ficavam deprimidos e vários cometeram suicídio. Outra parte rebelou-se contra o sistema, liderados por Dalí: o único Imaculado a nascer com libido. Pobre coitado! Era-lhe insuportável a ideia de passar mais de quinhentos anos sacrificando-se, dia após dia, sem ninguém para compartilhar o tesão. Quando o conheci, já havia castrado a si mesmo, não me pergunte como. O próprio garantia ter se masturbado até o pau dissolver. Hoje, Dalí deve ter uns oitocentos anos.

— Mas, se ele mesmo já havia resolvido a questão, por que então liderar os rebeldes? Já não era uma ameaça... Por qual causa haveria de lutar?

— Oras! Por um mínimo de liberdade! A única coisa que os rebeldes buscavam era suprir a vida com algum tipo de prazer: álcool, drogas, arte... Depois do sexo, esses são os crimes mais combatidos pelo sistema, e, repetindo o passado, a Igreja voltava a lançar livros na fogueira juntamente com seus autores, condenando à cegueira o leitor; destruíram museus, obras de arte, amputando artistas e apagando a História, silenciando músicos, poetas, filósofos... Perseguidos, passaram a cavar imensos túneis, verdadeiros labirintos, e se refugiaram no subsolo. Por meio deles, conseguiam ter acesso a todos os pontos da cidade e, dessa forma, ficaram conhecidos como *Minhocas*. Hoje formam uma população bem numerosa, mesmo que na clandestinidade.

— Ontem, quando me perseguiam, surgiram alguns que pareciam guardas, meio bicho, meio gente...

— Sim! São os Híbridos de quem falei, seus maiores inimigos — interrompe o Pastor — bem mais do que ter libido neste mundo ou, até mesmo, do que a própria Peste.

A solidão é capaz de deixar qualquer um tagarela. Noutra época, aquele cientista era um homem reservado, de poucas palavras, porém, nas atuais condições — vivendo como um ermitão —, aproveitava cada segundo daquela oportunidade única de poder conversar com alguém igual a ele: nascido de gente. Explicava tudo com paciência, sem se cansar ou poupar detalhes — o que era ótimo para uma pessoa cheia de dúvidas como Emílio.

Contou-lhe que os Imaculados do Vaticano, os da alta patente — que não se mataram ou rebelaram, mas encontravam, no poder, a sua pequena fonte de alegria — passaram a procurar incessantemente por respostas à longevidade a que estavam fadados. Com a produção de Imaculados desacelerada e o número crescente de rebeldes — além dos que abdicavam de seus postos para se dedicar a atividades comuns, como o comércio, por exemplo —, o exército de Malthusianos ia, aos poucos, perdendo força. O Vaticano passou a adotar medidas severas contra os desertores ou qualquer um que abria mão de suas funções eclesiásticas, obrigando-os a um terço do dia dedicado aos serviços divinos — que, naquele tempo, como noutros, resumiam-se em fiscalizar, dedurar e punir a alegria dos outros. Quem recusava era condenado por apostasia, e a pena era ser substituído, ou seja: morto. Uma vida por outra mais útil, justificavam, assim poderiam retomar a produção massiva de Imaculados, e os Malthusianos teriam a sua frota renovada. Foi quando o Pastor, valendo-se de suas pesquisas com as ovelhas e por pura necessidade de interagir com o mundo, ofereceu-se para solucionar o problema:

— Não descobri o porquê dos Imaculados viverem tanto, apenas como resolver a questão: recombinando os seus genes com os de outros animais. Esse foi o meu grande feito enquanto cientista... também, o meu maior erro.

— De que animais você está falando?

— Porcos, cães, bodes, lagartos...

— Como? — interrompeu Emílio, entalando-se com um pedaço de carne.

Após um bom gole d'água, contou ao Pastor que havia largado a Biologia para estudar Cinema, mas que ficou tempo suficiente para julgar aquilo impossível.

— Impossível pra quem? A ciência evoluiu muito depois de ti, meu caro. Venho de um passado não tão distante quanto o teu e estou aqui há mais tempo do que possas imaginar. Diferentemente de ti, nunca abandonei meus estudos, muito pelo contrário: nas condições em que vivo, é um dos poucos prazeres que ainda tenho. Vivo para pesquisar!

— Tudo bem, mas... Como seria possível?

— Oras! Não somos forjados apenas por aquilo que veio antes de nós... Nossas conexões com outros seres vivos vão muito além de ancestrais comuns, e, mesmo que assim o fosse, no final, ou início, em algum ponto da evolução, todos teríamos algum parentesco: dos Imaculados ao *Homo sapiens* e, deles, até o primeiro microrganismo, a primeira célula, o primeiro vírus... Estamos todos conectados àquela *"Sopa Primordial"* da qual descendem todos os seres viventes...

— Então o vírus é um ser vivo, afinal?

— Infelizmente, essa dúvida ainda persiste nos tempos de hoje. Mas não seria leviano dizer que o vírus é o grande responsável pela existência da vida.

— Como poderia, se o mesmo depende das células de um hospedeiro para...?

— Não sei se o vírus veio antes da primeira célula ou se vírus e célula, um dia, já foram uma coisa só; se são fragmentos genéticos de uma vida anterior à da Terra ou agentes de um experimento cósmico no qual todos somos cobaias: a engenharia divina do caos, Darwin e Criacionismo juntos; o início, o fim e a transformação da vida...

— Perdoe-me, senhor, mas o que isso tem a ver com os Híbridos?

— Há pouco você argumentava ser impossível combinar os genes humanos com os de outros animais... Pois te digo que existe sim algo que nos conecta, o tão procurado *"Elo Perdido"*, não só entre humanos e os demais primatas, mas entre todos os seres viventes, e que determina não apenas a transição, como também a origem e o extermínio...

— De novo com essa história: o Início e o Fim, o *Alfa* e o *Ômega*... Do que você está falando, afinal? De Deus?

— Claro que não! Refiro-me aos vírus. Sabia que oito por cento do DNA humano é formado por material genético viral e que trinta por cento de nossas proteínas vitais são produzidas por eles? Aliás, só existimos, enquanto humanos, graças à ação deles. São essas proteínas, por exemplo, que garantem à placenta transferir alimento da mãe ao embrião, enquanto o protegem de ser atacado pelo sistema imunológico. Também são os DNAs virais que regulam as proteínas produzidas em nosso cérebro, sem as quais não seria tão complexo, muito embora parte deles também seja encontrada em chipanzés, gorilas, lêmures...

— São todos primatas, não?

— E se eu disser que os mesmos também estão presentes no DNA de morcegos, preguiças, pangolins, golfinhos... e até polvos?

— Repetiria o que me disse há pouco: "*Em algum ponto da evolução, todos temos algum parentesco*", não é mesmo?

— Reitero, mas não que seja o único meio possível. Compartilhamos informações genéticas com outros grupos de animais, mesmo que nossos caminhos evolutivos nunca tenham se cruzado, independentes de um ancestral comum... em diferentes etapas da evolução. Vejamos alguns casos de *evoluções convergentes*, em que o meio leva animais de origens diferentes a seguir caminhos evolutivos parecidos e a semelhanças morfológicas. O mesmo meio fez com que animais muito próximos seguissem caminhos evolutivos completamente diferentes, e em nada seus descendentes se pareçam. Da mesma preguiça gigante vieram os tamanduás e o bicho-preguiça atual, com seus braços longos e garras que lhe permitem pendurar-se nos galhos das árvores feito os morcegos. Pois no sudoeste da Ásia existiu um animal que parecia uma mistura de preguiça, morcego e lêmure, o *colugo,* que por muito tempo foi considerado parente dos morcegos, embora seja mais próximo de um ancestral comum entre primatas e outro grupo de animais do qual descendem os esquilos e as lebres. Os colugos lembram muito um bicho-preguiça, com um crânio pequeno, um pescoço que gira cento e oitenta graus, na forma que se penduram nos galhos das árvores pelas garras e os braços longos, porém desenvolveram uma membrana que une seus membros à cauda, como as que formam as asas dos morcegos, o que lhes possibilitou não voar, mas planar por grandes distâncias. Os morcegos, por sua vez, estão muito mais próximos dos rinocerontes e pangolins que de preguiças ou primatas, mas havia uma espécie de lêmure chamada *Aye-Aye,* um primata noturno que desenvolvera dedos muito compridos e finos como os dos morcegos, mas sem a pele que os une e permite, aos morcegos, a capacidade de voar. O mesmo acontece com tamanduás, tatus, pangolins e *aardvarks*, tão parecidos entre si... muito embora, como já disse, tamanduás sejam parentes próximos da preguiça e não tão próximos do tatu; já os pangolins aproximam-se mais dos morcegos, enquanto os *aardvarks,* dos porcos, baleias e hipopótamos. Agora imagina que, de alguma forma, ancestrais das baleias e de porcos *babirussas* tenham combinado os seus genes aos dos ancestrais de lontras, focas e de peixes-boi, e, além de orcas, ariranhas, *dugongos e* manatis, também tenham surgido morsas, hipopótamos e *narvais*... e que esses animais possam compartilhar suas diferenças ou semelhanças, sejam elas genéticas ou morfológicas, não apenas como resultado de um ancestral comum ou por interferência do meio, mas por ação direta dos vírus... Já parou pra pensar que informações genéticas também podem ser transmitidas através de contágio?

— Após toda a loucura que ouvi até agora, do que mais poderia duvidar?

— Pois fundamentei minhas pesquisas em cima dessa hipótese, baseado em duas teorias antigas a respeito da origem dos vírus: na primeira, a do *Escape*, os vírus teriam evoluído a partir de *transposons,* sequências de DNAs que ficam saltando de um lugar para o outro no nosso genoma, ou introduzindo cópias de si mesmas, e que um dia escaparam e passaram a parasitar células de outros organismos. Na outra, o vírus teria surgido de uma grande sopa de nutrientes, chamada *Sopa Primordial*, em que pedaços de RNA nadavam e se replicavam até surgir a primeira célula. As duas teorias não competem entre si, na verdade, se completam. Em ambas, pedaços de DNAs e RNAs passaram a parasitar células, evoluíram, criaram uma cápsula proteica e meios para se propagar por outros organismos diferentes. O vírus infecta um ser vivo, introduz nele seu material genético e apropria-se dos mecanismos de suas células para criar réplicas inexatas de si mesmo, transmitindo-lhes tanto as suas informações genéticas quanto as de seu hospedeiro. Infectam novos organismos, criam novas réplicas, adoecem seu hospedeiro ou o levam a óbito, transmitem essas informações, infectam outro hospedeiro, sofrem uma nova mutação e "aprendem" a driblar seu sistema imune oferecendo-lhe proteínas essenciais ou, ainda, passando a integrar o seu DNA. Suas réplicas carregam as informações genéticas de todos os hospedeiros anteriores. Elas infectam outro ser vivo, o corpo reage... O vírus precisa adaptar-se ao novo organismo, sofre nova mutação, ao mesmo tempo também gera mutações em seu hospedeiro, moldando o seu organismo para que funcione de forma similar àqueles em que o vírus já teve êxito, ou seja: os vírus estão desde sempre realizando experimentos genéticos, misturando DNAs, gerando *quimeras,* participando efetivamente da origem da vida e da evolução das espécies. Eu apenas reproduzi e acelerei o que os vírus estão fazendo há milhões e milhões de anos e levariam outros milhões para chegar ao mesmo resultado.

— Até onde eu sei, dizimaram quase toda a humanidade... Ou não seria a Peste Célibe provocada por um vírus?

— Isso mesmo! Nem vírus, nem protozoário, nem bactéria, nem fungo... Pelo menos deixou de ser vírus há muito tempo e hoje é parte do nosso genoma, não só dos humanos, mas de toda forma de vida, presente em cem por cento dos animais, plantas, algas, fungos ou bactérias que analisei; herança do *Vírus Primeiro*, transmitida por gerações e gerações desde aquela Sopa Primordial. É quem conecta toda a vida na Terra, peça crucial para que eu chegasse aos Híbridos e que, por algum motivo, perece ter desistido da espécie humana. É como se, durante o sexo, essas partes se complementassem, fechassem um circuito, e os envolvidos no ato sexual passassem a agir como vírus, inserindo o seu material genético e parasitando um ao outro. Uma vez "misturados", inicia-se uma série de recombinações em seus genes, infinitas, em segundos... como se passassem por diferentes etapas da evolução e, ao mesmo tempo, desconstruíssem todo o seu histórico evolutivo, "involuindo", fragmentando-se... até restarem apenas pedaços de informações genéticas nadando em nutrientes, um retorno à Sopa Primordial. O Universo olhou para a humanidade e disse: *Deu ruim!* Como o oleiro que, vendo a peça de barro desandar, a destrói, juntando sua argila desforme para forjar um novo vaso, o Universo está recriando a vida a partir das informações coletadas até então, um novo ciclo, quem sabe, completamente diferente do anterior.

Emílio ficou curioso em saber quanto tempo o Pastor investiu nessa pesquisa. Precisaria de anos, talvez séculos... Não seria mais fácil e prático descobrir uma vacina ou um antídoto? Agora é tarde, e, depois de toda aquela aula absurda de genética, uma outra dúvida lhe parecia mais importante: que diabos os Híbridos tinham a ver com a longa vida dos Imaculados?

— Absolutamente nada! — respondeu-lhe o Pastor. — A questão toda é que não viveriam tanto quanto os Imaculados: no máximo uns cinquenta anos. Não era esse o objetivo?

Segundo o Pastor, o problema era que os Híbridos, contando com a produção em larga escala e o seu amadurecimento rápido — o cansaço e o tédio daqueles que viveram demais —, passaram a comandar o mundo, tornando-se os senhores de tudo. Os Imaculados, por sua vez, foram afastados do alto clero. Quem se manteve no sacerdócio ocupava as funções de médico ou de professor, enquanto a grande maioria voltava-se para o comércio ou à agricultura — todos, sem exceção, a serviço dos Híbridos: observando e denunciando qualquer comportamento subversivo.

A sociedade, então, seguia da seguinte forma: nas escolas, ensinavam-se apenas as operações básicas da matemática, somar, multiplicar e subtrair, menos a divisão, banida por acreditarem remeter a questões ideológicas. Também lecionavam o Código Penal, junto às *Leis da Moral e Cívicas* e dos *Bons Costumes*. Aos que ingressavam na carreira Episcopal, acrescentavam-se os estudos básicos da genética.

A medicina já não se ocupava de curar os enfermos, apenas de controlar as epidemias. Para doenças não transmissíveis, no máximo, receitava-se algum analgésico. Outra responsabilidade atribuída aos médicos era a *"Cura Ideológica"*: nada mais, nada menos, que a pena de morte aos que se rebelavam.

— O Vaticano sentenciava, e os médicos aplicavam a injeção letal. Aos que não eram "curados", aprisionavam na *Ilha de Brás.*

— *Ilha de Brás?*

— Talvez você a conheça como Brasília.

Emílio, que no momento bebia água, arranca o copo da boca em surto, jorrando o líquido pelas ventas:

— Brasília? Tá me dizendo que Brasília virou ilha?

— Sim — respondeu o Pastor, sem entender a surpresa do rapaz.

— Com o mar em volta?

— Exatamente!

— Ainda por cima, virou prisão? — gargalha, descontroladamente.

— Não entendo o motivo de tanta euforia. A vida na Ilha é bastante difícil. Lá, são largados sem nenhum recurso, além das fontes naturais de água. Não há animais para comer, e o solo é ruim para plantar, nada nasce, de forma que precisam caçar uns aos outros para não morrerem de fome. Não existe amizade e, lógico, nenhum vínculo familiar: é cada um por si. Por esse motivo, não acendem fogueiras, ou chamariam atenção de quem os caça. Sem meios de conservar a carne, preferem não matar suas vítimas: comem aos poucos, cortando pequenas partes, mantendo a presa viva para não apodrecer... É um lugar terrível, motivo de muitos condenados optarem pela "*Cura*".

— Perdão, jamais zombaria de uma situação como essa. Mas fiquei ainda mais confuso: onde exatamente estamos? — perguntou Emílio, completamente desorientado.

— Prefere continuar esse assunto lá fora? — convidou, gentilmente, o Pastor.

Saíram para tomar um ar fresco e, quem sabe, Emílio reconheceria o lugar. Passeavam pelo pasto, por entre as ovelhas, quando o Pastor apontou-lhe uma grande montanha que, para Emílio, não parecia estranha: estava maior, mais corpulenta... mesmo assim, era familiar, embora faltasse algo... Talvez o cume? — pensou e, após um bom tempo refletindo, finalmente conseguiu reconhecê-la:

— O que houve com o Cristo?

— Foi pro céu há muito tempo! — não podia perder a piada. — Explodiu! Voou pro espaço! Você está diante de um velho vulcão adormecido.

O Pastor contou-lhe que não apenas o Corcovado havia entrado em erupção, mas também o Pão de Açúcar e outros três morros na encosta. Que, graças à barreira formada pela lava endurecida, aquele lugar não havia sido coberto pelas águas quando uma falha tectônica fez parte do solo ceder e o mar avançou. A fenda separou a antiga Pindorama, mais conhecida como Brasil, em três grandes ilhas, apenas duas delas habitadas: a menor, já mencionada, transformada em prisão, e a outra, aquela em que se encontravam, formada pela antiga cidade do Rio de Janeiro — praticamente tomada pela selva — incluindo uma grande extensão de terra árida e sem vida, onde antes era o estado de São Paulo, agora, um deserto. Quase todo o Nordeste ficou submerso, salvo uma estreita faixa do que já foi o Piauí e o Maranhão compondo a terceira e maior ilha, que se estendia até a região amazônica num imenso bloco de gelo. Dela também fazia parte a Venezuela, já há muito tempo anexada ao território brasileiro.

— E o resto do mundo? — perguntou assustado.

— Acredite em mim: não existe mais nada além disso. Está tudo debaixo d'água ou coberto de gelo. Este é todo o mundo que sobrou.

— Mas... E o Vaticano? Você falou que eles...

— Aqui estamos! — interrompeu o Pastor — O Rio de Janeiro que você conhecia hoje se chama Vaticano.

Emílio leva as mãos à cabeça e chora. O intuito era arrancar os cabelos, mas a pele lisa lembrou-o da triste realidade: se era difícil para os Imaculados — que nunca experimentaram os prazeres da vida —, imagina para quem provou, gostou e, agora, seria privado deles.

— E os Libidinosos? Existem muitos como nós?

— Antes de você, o último a surgir por aqui já morreu de tristeza há uns trezentos anos. Só sobraram nós dois.

— Que mal lhe pergunte: há quanto tempo o senhor está aqui?

O Pastor não responde de imediato. Conduzindo-o pelo campo, retém-se ao pé de um imenso jatobá:

— Eu a plantei — disse-lhe, apontando para a árvore centenária.

Julgando que aquele jatobá devia ter uns duzentos anos, Emílio ficou intrigado:

— Quer dizer que...

— Espera! — o Pastor o interrompe. — Antes de tomar conclusões, deixe-me falar de que época eu vim e o que já vivi depois de parar aqui. Sobrevivi à Grande Guerra, perdi amigos com a Peste Célibe, vi surgir a Lei da Castração, presenciei o primeiro Imaculado nascer... O projeto inicial não eram os Imaculados em si, mas a preservação da raça humana até que descobríssemos uma solução para a Peste. Eu fazia parte da equipe que pesquisava uma possível vacina quando o Vaticano assumiu o projeto e tudo foi por água abaixo. A Peste tornou-se apenas uma fachada para os seus planos de poder. Já não combatiam a doença, e sim toda forma de afeto: uma vez sem paixões ou sonhos, as pessoas tornam-se obedientes. As pesquisas sobre a doença foram proibidas, e a produção de Imaculados, acelerada. Estávamos avançando numa possível vacina, e me recusei a abandonar o projeto. Continuei sozinho, às escondidas, submetendo-me como cobaia. E foi assim, após testar o medicamento em mim mesmo, que vim parar aqui.

— E isso há quanto tempo? — insiste Emílio na pergunta.

— Já vamos chegar lá, calma! Contei-lhe como parei aqui; de como selei o acordo com o Sistema e acabei tornando-me responsável pela criação dos Híbridos. Mas deixei um detalhe escapar: o protótipo inicial, o primeiro Híbrido, do qual vieram todos os outros. Foi gerado a partir do DNA de um Imaculado combinado a uma variedade de animais, graças aos genes virais que já mencionei, em especial, a Peste Célibe, presente em todos os genomas e que nos conecta a tudo.

Emílio o imaginava, segundo o Pastor descrevia: com chifres semelhantes aos do touro e penas que cobriam a nuca, unindo uma têmpora à outra, como um cocar — ou algo parecido à cauda ouriçada de um pavão. No peito e nas costas, uma couraça forjada por rígidas escamas, além de um ridículo rabo de porco.

Ainda não era o que procuravam, o Pastor sabia disso. Bem como os Imaculados, aquele protótipo viveria muito — também, pudera: possuía pulmões bem desenvolvidos, respiração cutânea e branquial... Era capaz de regenerar partes de seus membros caso fossem decepadas, como os dedos, uma perna — ou até mesmo seu rabo de porco —, e, além de ser um onívoro generalista, o mais curioso: realizava fotossíntese. Dele, porém, extrairia o gene capaz de combinar-se ao de qualquer outro ser vivo, e, assim, chegaria aos Híbridos, conforme o planejado: com pouco tempo de vida. A matriz serviria apenas na primeira etapa do processo, depois seguiriam com os clones.

Sabendo disso, a criatura leu e releu as pesquisas que resultaram em sua criação e destruiu todo o material. Era dona de uma memória excepcional, guardando bem aquelas informações na cabeça.

— Fez isso para que dependêssemos dele — desabafou o Pastor. — Pretendia ser a única fonte na produção de Híbridos e foi logo exigindo dela o controle. Havia um porém: mesmo memorizando a pesquisa, não sabia como colocá-la em prática. Precisava de mim para gerar os Híbridos e vice-versa, para consultá-lo em meus próprios estudos. Mas chegou o dia em que já não era necessário extrair o seu gene, nem combiná-lo ao de nenhum outro animal para seguir com a produção: com as combinações certas, bastaria cloná-las, e, sendo assim, tornei-me dispensável. Ele havia decorado o procedimento e, mesmo sem compreender o processo, bastava repetir os meus passos. É óbvio que não ousei ensiná-lo, fato que jamais revelaria a ninguém, fazendo os Híbridos acreditarem que dependiam dele para existir. Rapidamente, havia formado um exército inteiro ao seu favor. E o elegeram líder, chefe acima de todos, Híbridos e Imaculados, elevado à condição de novo Papa, o *Gênese,* como preferiam chamá-lo.

— Neste caso, basta esperá-lo morrer... — concluiu Emílio, já desinteressado na resposta de sua primeira pergunta. — Os Híbridos vivem apenas cinquenta anos, não é mesmo?

— Não esse — retrucou o Pastor, inconformado. — Não ouviu o que acabei de falar? O Gênese é diferente de todos os outros Híbridos. Já sabia que viveria muito, mas não imaginava o quanto. Está aqui há mais tempo que algumas gerações de Imaculados...

— Tá me dizendo que... — interrompeu-lhe num susto.

— Isso mesmo! — irritou-se, pela primeira vez, o Pastor. — E, se quiser saber o tempo exato que aqui estou, calcule você mesmo! Só um detalhe: dois mil anos... Foi esse o tempo que os antigos Malthusianos calcularam para que os Imaculados deixassem de existir, caso cessassem a produção. Era apenas um estudo, sem nenhuma pretensão de ser colocado em prática. O Gênese também teve acesso a esses dados e, atualizando os números, instituiu um novo calendário contando mil anos a partir da última geração de Imaculados. Estamos no ano 669 da *Era Decrescente,* numa contagem regressiva até restarem apenas Híbridos na Terra. Uma boa parte dos Imaculados aceitou o destino numa boa, serviente, só aguardando o momento. Os demais uniram-se aos rebeldes. Mas todos estão fadados à extinção, meu caro. Espero, um dia, alcançar a mesma graça.

Emílio angustiou-se... Sofreria ele a mesma sina do Pastor? Teria que aguentar viver tanto tempo naquele mundo inóspito?

— Mas por quê? Como pode o senhor viver tanto?

— Sabe por que veio parar aqui?

— Não — respondeu Emílio, ansioso por uma explicação.

— Também não sei por que vim parar aqui, quanto mais o porquê de ainda permanecer. Nada faz sentido! Nem morro, nem envelheço, nem porra nenhuma! Outros apareceram e partiram em poucos meses, envelhecendo anos a cada dia. Ainda há esperança pra você, meu querido. Não antecipe a tua angústia.

— Tudo isso só para combater o sexo?

— Não. Segundo eles: para controlar a Peste.

— Mas... Se o sexo foi proibido para que não morrêssemos com a doença e, mesmo assim, todo mundo vai se foder, por que diabos não nos deixam simplesmente foder???

— Você não tem ideia do que é essa doença... A morte pode até ser rápida, mas a dor é insuportável.

— Mesmo assim, havia quem se arriscava, não?

— Sim!

— Então valia a pena!

— É... Quem sabe?

A conversa é interrompida por rojões pipocando no céu um pouco além da floresta. Era o sinal de que acabara o estoque de carne no Palácio, e uma comitiva, em breve, apareceria para reabastecer.

— É melhor você ir. Não quero criar problemas pra mim. Procure os Minhocas, eles poderão ajudá-lo.

— E onde os encontro?

— Não se preocupe, eles irão encontrá-lo. Vá ao canavial que fica do outro lado da floresta, após as ruínas da Cidade Antiga. Os Minhocas costumam aparecer por lá para colher cana. É impressionante: o mundo pode estar desabando, mas sempre haverá uma forma de se divertir, mesmo sendo proibida. Eles produzem cachaça, acredita? Se os Híbridos não dependessem do Etanol para gerar energia na cidade, certamente não haveria mais cana-de-açúcar no mundo. Já quiseram proibir até a uva, simplesmente para que não se produzissem mais vinhos. Por sorte, é a fruta preferida do Gênese.

— No meu tempo, fizeram o mesmo a uma planta...

— Esse tempo já era, meu amigo! É mais fácil quando se esquece. E o tempo aqui está passando... melhor você ir! Toma! Leva uma de minhas ovelhas contigo e dê aos Minhocas, eles irão apreciar. Diga que é uma lembrança minha.

Exausto com tanta informação, Emílio despede-se do Pastor e adentra a mata densa — o corpo nu e sem pelos — carregando a ovelha com ele.

— Cuidado com as feras! Agora que estamos em extinção, elas tomaram conta de tudo.

III

Andou pouco mais de uma hora até avistar as ruínas do que julgou ser a cidade antiga. Reconhecia o lugar, mesmo tomado pela mata. De um lado, o que restou do velho Odeon: apenas a fachada, nenhum filme em cartaz. Adiante, o imponente Teatro Municipal com parte do teto coberta pelas raízes de uma imensa gameleira — a outra desabou. Lamentavelmente, não haveria espetáculo naquela noite... Aliás, a magia já havia o deixado muito antes de seu total abandono, o que Emílio só percebeu ao olhar pra cima. No frontão, suspenso por seis gigantescas colunas, o desenho desbotado de um coração com algo parecido a uma pomba desenhada dentro — ou uma gaivota. Onde antes havia o letreiro do THEATRO MUNICIPAL, lia-se: NOVO TEMPLO DE SALOMÃO.

Era triste constatar que não foram as circunstâncias daquele tempo que fecharam suas portas, mas um sistema ainda mais antigo. Os atores foram substituídos por bispos e encenavam sempre a mesma peça, tendo o Diabo como protagonista, Deus por patrocinador e Jesus na bilheteria. Vê-lo destruído foi até consolador.

Da Câmera Municipal, restava apenas a escadaria, toda coberta por folhas e tomada pelo limo. *"Ficou melhor assim"*, pensou.

Com o sol quase se pondo, Emílio decidiu passar a noite ali mesmo. As longas horas ouvindo o Pastor o deixaram cansado, além disso não seria louco de sair por aí no escuro. Buscou abrigo no interior do teatro, onde as raízes da gameleira tomavam as paredes e desciam pelo teto, formando gigantescas colunas retorcidas que mais pareciam peças esculpidas por *H. R. Giger*. Aproveitou uma delas para amarrar a ovelha e deitou-se sobre o musgo verde e macio que cobria o chão feito um tapete.

Durante a noite, ouvindo a ovelha berrar, Emílio refletia sobre a situação do Pastor: como ele conseguia? Nem o tal do Dalí aguentou... e olha que o Pastor está aqui há muito mais tempo! Será que ele... — pensou por alguns segundos, mas os berros da ovelha o desanimaram a continuar. E eram tantos barulhos vindos do lado de fora que sentia dificuldade em dormir: uivos, rosnados, latidos, mugidos e, até mesmo, um que ele jurava tratar-se de elefantes. Estava apavorado, e a ovelha não parava de berrar. Temia que chamasse atenção dos Híbridos, ou pior: das feras sobre as quais o Pastor havia alertado.

Passado algum tempo, o cansaço venceu o medo, e, entre um e outro piscar de olhos, o assustado rapaz sonhou: estava com Moema, deitado na grama, à margem do lago. Ela voltava a lhe gritar *"Foge!"* — dessa vez, com os olhos — quando o chão atrás dele começou a ruir, engolindo-o para debaixo da terra, em um túnel com paredes repletas de minhocas. Fechou os olhos e já não se sentia espremido pela terra, mas dentro da lata de iscas... — a mesma que usava na pescaria. Seria ele mais uma minhoca? Participaria da Suruba Divina?

O túnel, agora, era uma espécie de máquina — ou do tempo, ou de ressonância magnética —, no lugar de minhocas, muita luz. O barulho era insuportável, ficando cada vez mais frequente. Ora lembrava um apito, ora um latido agudo, ora um rosnado grave. E acordou num susto, dando de cara com algo, à primeira vista, mais engraçado do que ameaçador: uma pequena bola de pelos encardidos e repletos de galhos secos emaranhados que rosnava para ele e pouco importava-se com o seu tamanho. Emílio então percebeu que a criatura não estava sozinha e precisou disso para entender do que se tratava: era um *poodle* — mal cuidado, mas era — e liderava uma matilha de cinco cães: um pastor-alemão, um *pinscher*, um fila e outros dois menos prováveis — que noutros tempos tinham hábitos isolados mas, por motivos que desconhecia, passaram a integrar a alcateia, no caso: um lobo-guará e uma raposa.

"*Tem bicho que* não *nasceu para ser selvagem*", pensou, imaginando o quão complicado era para aquela bola de pelos correr na mata sem ficar presa nos galhos. Lembrava o quanto eram ridículos os *poodles* de apartamento: tão frufrus... Talvez, como uma espécie de Sansão canino, os *poodles* tosados perdiam toda a sua força, mas, na falta de "Dalilas" ou *pet shops,* de felinos ou *filisteus,* aquele permanecia vivo, não sabia como, e as atuais condições o transformaram num animal feroz. Era difícil acreditar que aquela coisinha fofa liderava uma matilha e tentava, em vão, ludibriar o seu pavor com a possibilidade de ser apenas uma cadelinha no cio. Nunca imaginou que sentiria medo de um *poodle*, no entanto aquele parecia até mais assustador que o próprio fila e reunia todos os outros cães a sua volta.

Tinham os pelos salpicados pelo sangue da ovelha já destroçada. Sua carne não lhes bastava? Não... devem estar marcando território, pensou, arriscando um assobio seguido de um *"Vem cá totó!"*, o que deixou a matilha ainda mais furiosa. Emílio pegou um pedaço de madeira, sem saber se usaria para se defender ou o lançaria longe, na esperança de que o cãozinho fosse correndo buscá-lo.

A matilha avançava, pronta para atacá-lo, quando uma pedra atingiu o *alfa* e ele fugiu — chorando como um legítimo *poodle* — seguido pelos demais cães. Adiante, um homem apontou o estilingue na direção de Emílio. Junto dele, outras duas pessoas acabavam de sair da terra com porretes nas mãos. Camuflada entre as raízes da gameleira e girando uma funda, a autora do disparo:

— Vamos ter pernil na festa de hoje! — comemoram, carregando o que havia restado da ovelha.

— Cães desgraçados! Não deixaram quase nada pra gente — lamentou a mulher. — Era sua?

— Era um presente — respondeu Emílio, ameaçando levantar-se.

— Fica paradinho aí! — gritou quem apontava o estilingue. — Primeiro diga quem é e o que faz por essas bandas.

— Procuro ajuda.

— Aqui? No meio do nada?

— Com certeza, é um maldito Malthusiano! — interferiu a mulher.

— De forma alguma! Eu...

— É ou não é? — gritou o homem, esticando o estilingue, sendo interrompido pela mulher com a funda:

— Escuta aqui, amigo, já não existe muita gente pelo mundo. Sabemos que você não é Híbrido, basta olhar! Também não é um dos nossos, então você só pode estar mentindo.

— Não! Nem mesmo sou Imaculado, mas humano... — Emílio repensou o que disse, temendo que tal afirmação pudesse ofendê-los: — Perdão! Não quis dizer que vocês... Enfim: falo de quando humanos eram gerados por mulheres.

— Tá me dizendo que...

— Isso mesmo! Sou o que chamam de Libidinoso.

Emílio não pôde deixar de reparar o alvoroço causado pela revelação. Não sabiam o que fazer com ele e discordavam entre si nas decisões. Após muita discussão, cobriram-lhe o rosto com um saco e o conduziram, às cegas, por buracos e túneis, ao abrigo dos rebeldes.

IV

Amarrado numa cadeira, depois de horas ouvindo cochichos e sem nada entender, desvendaram-lhe os olhos. Estava cercado pelos rebeldes, diante de um homem incrivelmente alto e obeso:

— Agradecemos o pernil. Agora, pode ir embora! — disse-lhe o homem estirado na poltrona.

— Era uma ovelha inteira, mas os cães devoraram o resto. Quanto a mim... só quero manter meu próprio corpo intacto. Quando não são os cães, é uma multidão querendo me capar...

— Então permita! Vai ser melhor assim — respondeu-lhe de forma ríspida, dando ordem aos Minhocas que o levassem de volta. Emílio, porém, resistiu:

— Deixe-me ficar, por favor... Não quero ser capado.

— E por que não? De que vai te servir?

Incapaz de respondê-lo, Emílio apenas o encarava como um cão que suplica por migalhas, muito embora os cães já não agissem dessa forma.

— Escuta, meu jovem, sei do que estou falando. — disse-lhe o homem sentado na poltrona. — Fui gerado numa leva de pessoas que viviam muito, mesmo sem viver porra nenhuma, absolutamente nada, a não ser comer, cagar, dormir e obedecer. Sei, na pele, o que é ter libido, embora não conheça o sexo, apenas que é crime e que, por causa dele, a doença surgiu. Somente isso! E como penei... Não é fácil ser o único com libido no meio de tanta gente frígida. Eu era um adolescente de noventa anos, cheio de tesão e sozinho, quando resolvi cortar o... o mal pela raiz. Vai por mim: ninguém aguenta viver tanto tempo lutando contra a própria natureza.

Terminando essas palavras, levantou-se com certa dificuldade da poltrona — quase não suportando o próprio peso — e aproximou-se de Emílio:

— Me masturbei tanto que o pau desintegrou — sussurrou em seu ouvido, com um leve sorriso dissimulado.

— Então o senhor é o Dalí? O Pastor me falou de você.

— O Pastor? Como ele está? Já enlouqueceu de vez?

— Mandou-lhe uma ovelha de presente — respondeu, lamentando o incidente com os cães. — Quanto à pergunta, não saberia o que dizer. Julguei por loucura quase tudo o que me contou, mas, no final, parece que tinha razão... O mundo foi que enlouqueceu! Aliás, como manter a sanidade num lugar assim, não é mesmo? Ainda mais vivendo em total isolamento.

— Talvez tenha sido melhor para ele — retrucou Dalí, e, vendo que o rapaz discordava, decidiu explicar-se melhor: — O Pastor veio até mim que nem você, desesperado, querendo salvar aquilo que, um dia, iria condená-lo à solidão. Eu já era eunuco na época e precisei meditar muito para que o corpo se lembrasse disso. Não se pode mutilar um desejo, bem como tapar a boca não te suprime a fome. A diferença é que, nesse caso, se não comer, você morre, já o tesão... pode ficar deprimido, raivoso, até maluco, mas ninguém morre de abstinência. Por suicídio, talvez... em todo caso, é melhor que pela Peste. Dizem que é uma morte terrível!

— Sendo assim, de que adiantou?

— Foi o primeiro passo — interrompeu Dalí — mas a vida não se limita às necessidades do corpo. A pessoa pode comer a mesma ração todo dia, e isso a manterá viva, mas não matará a sua fome. A comida alimenta o corpo, já o tempero, a alma, e temos tantos apetites... A libido é apenas um deles... na verdade, a junção de várias fomes diferentes, e são inúmeras as formas de saciá-las. Oxigênio alimenta os pulmões, já os aromas são os seus temperos... Água sacia o corpo, enquanto o álcool, como o próprio nome já diz, o espírito. O prazer é o grande tempero da vida, e pretendo experimentar todos: o gosto das coisas, o cheiro, as sensações, os delírios... Passei a catalogar cada especiaria, receitas, frutos, medicamentos, ervas, psicotrópicos... cada princípio ativo, efeito colateral, combinações, antídotos... tanto para fins medicinais como para fins recreativos. Descobri que algumas substâncias deixavam as pessoas mais fraternais, ou mais animadas... então reuni aqueles que, como eu, andavam cansados da mesma ração diária, daquela vida insípida, e passamos a compartilhar "temperos". Cada vez mais pessoas apareciam para ter novas experiências, e quase já não se falava em suicídio entre os Imaculados. As reuniões tornaram-se mais populares que a missa, e não preciso dizer que foram proibidas. Assim surgiu o primeiro grupo dos Minhocas, unidos por algo até então novo e que, mais tarde, o Pastor chamaria de "Amizade". Ele trazia essa Amizade em sua própria essência, e, de certa forma, eu também a possuía. Talvez, por isso, sentimos tanta afinidade um com o outro. Pediu para que o acolhêssemos, e concordamos. Com o passar dos dias, tivemos que expulsá-lo.

— Por quê?

— Porque, meu amigo, toda repressão sexual é uma violência, a um passo da abstinência tornar-se uma bizarrice. O homem ficou maluco! Você entende agora por que não pode ficar?

Sim, Emílio era capaz de entender. O Pastor isolou-se não só para manter a integridade física, mas, principalmente, a dignidade. O rapaz, no entanto, mantinha a esperança quase ingênua de que ainda poderia mudar o mundo. Suportaria até onde aguentasse, até esgotarem todas as possibilidades... Só então poderia repensar o assunto e, quem sabe, entregar-se ao trágico destino.

— Eu saio, me castram e pronto! Perdemos a única chance de mudar alguma coisa — disse Emílio, supervalorizando a si mesmo para, quem sabe, convencê-los a ficar.

— Não entendi.

— Como é que essa loucura toda começou? Não foi por causa da Peste? Não foi esse o motivo do sexo ser proibido e os seres humanos, produzidos em laboratório? Mas quem aqui viu alguém morrer com a doença? Não sabem nem o que é sexo! Vocês dizem: sexo é crime! Sexo propaga a doença... Mas o que é sexo? Garanto que é muito mais do que falaram pra vocês. Sexo é uma fonte de prazer incomparável... várias fomes juntas, concordamos nisso. Mas quando falam de sexo, vocês veem a morte. Eu, porém, enxergo vida! Aliás, sou de um tempo em que o sexo era a única forma natural de gerar a vida. Hoje, as fábricas de humanos estão nas mãos dos Híbridos, e todos nós seremos extintos. Irão morrer com medo do que só ouviram falar e nem mesmo conhecem, enquanto um bando de seres, metade gente, metade sei lá o que, e que vive apenas cinquenta anos, irá herdar a terra. E são os únicos que podem usufruir da superfície, enquanto vocês precisam esconder-se no subsolo, perseguidos como criminosos tão somente por desejarem viver com um pouquinho mais de alegria do que lhes permitem.

— E o que você pode fazer em relação a isso?

— Ainda não sei, mas peço uma oportunidade. Se nada mudar, garanto: eu mesmo o corto fora.

Uma proposta interessante para uma sociedade hedonista. Os Minhocas, como o próprio Dalí afirmava, buscavam prazer nas pequenas coisas que a vida ainda oferecia e estavam sempre à procura de novidades: de experimentar sabores, cheiros, cores, histórias, sonhos e, claro, o delírio dos entorpecentes. O sexo, todavia, nunca tinha sido cogitado. Não por falta de informação, como sugeriu Emílio, mas por falta de desejo, mesmo. Contudo, a ideia de uma nova fonte de prazer era, por demais, sedutora. Quem sabe aquele forasteiro lhes permitiria gozar de tal experiência?

Dalí foi quem menos ficou empolgado, no entanto não se opôs ao grupo:

— Concordamos que fique, mas estaremos de olho. Qualquer vacilo, por menor que seja, não vai ter segunda chance.

Aliviado, Emílio pensava no Pastor: quanto tempo levou para que perdesse o controle? Ou isso já fazia parte dele, de sua forma de encarar o sexo? Pobres ovelhas... Que opção o animal tinha de lhe negar?

Recordou-se de uma história — algo que havia lido em algum jornal de seu tempo — sobre um senhor no Japão que, pela primeira vez, sentia-se feliz em um relacionamento amoroso. Segundo o próprio, ninguém no mundo o compreendia tão bem quanto aquela com quem veio a se casar: uma boneca inflável. Também lembrou-se de um conhecido do seu antigo emprego que só conseguia ter ereção quando pagava pelo sexo e, por estar pagando, achava-se no direito de fazer o que bem entendesse com a prostituta, caso contrário, broxava. Levando em consideração as particularidades de cada caso, o que o senhor japonês e o colega de trabalho tinham em comum, por exemplo, com um necrófilo? E o Pastor com suas ovelhas? O sexo voltado única e exclusivamente ao próprio deleite? Talvez, a total insignificância da outra parte envolvida, presente apenas para satisfazê-los, não como participante — nem da mesma vontade, nem do mesmo prazer. Em que são diferentes de um estuprador? Podem usar o dinheiro no lugar de uma arma ou, até mesmo, a vulnerabilidade de alguém, mas a motivação é a mesma: a anulação do outro. Não existem parceiros ou parceiras, pois não interagem, salvo no campo das fantasias que, no corpo da segunda pessoa, materializam-se. Dela, dispensam a opinião ou qualquer outra forma de manifestar-se — inclusive a de gozar ou de lhe dizer não — mas, para Emílio, havia apenas um limite ao sexo: o consentimento. Só era bom quando todos compartilhavam do mesmo desejo e gozo...

Definitivamente, ele e o Pastor não tinham a mesma consciência.

V

Liberto, finalmente, das amarras que o prendiam à cadeira, Emílio foi recebido com vinho e dança. Sobre uma mesa longa e farta, estavam servidas castanhas, folhas, frutas secas... uma variedade de comidas. A música era animada, e as pessoas bebiam, cantavam, tocavam instrumentos... sem que nada fosse ensaiado, coreografado ou obrigatório: cada um dançava ao seu modo, enquanto outros pintavam nas paredes ou encenavam peças... Experimentavam de tudo, apreciando o sabor, o aroma, as cores e sensações proporcionadas por cada alimento, bebida, arte ou drogas. Eram capazes de entrar em êxtase, até mesmo, com o perfume de uma flor ou a textura de uma pétala.

O pernil do cordeiro foi oferecido, e Emílio serviu-se de um pedaço, sendo conduzido ao centro da festa, onde ferviam uma espécie de chá num caldeirão.

— Está pronto — disse quem mexia a panela.

— Prova! — falou Dalí, oferecendo-lhe um cálice. — Depois me diz se o sexo é tão prazeroso quanto isso.

Se era melhor ou pior, Emílio não saberia dizer. Para ele, eram apenas prazeres diferentes... mas gostou: dançou e sorriu até doer a barriga, enquanto aquele lugar escuro, iluminado por velas e tochas, tornava-se cada vez mais colorido. Sentia como se as chamas o acompanhassem na dança, girando por todo o salão e provando qualquer coisa que lhe ofereciam, sem dispensar nada, nem mesmo quando achava esquisito.

— Já saiu do corpo alguma vez? — perguntou a mulher segurando uma espécie de escorpião muito colorido preso numa pinça, cuja picada, garantiam, era uma das coisas mais alucinógenas de que tinham conhecimento.

Por fim, deitaram-no sobre uma maca onde ofereceu o braço para ser ferroado. A picada foi bastante dolorida, mas logo todo o corpo anestesiou-se. Sentia a cabeça flutuando, como se nada a sustentasse sobre o chão, tão leve que até uma brisa poderia levá-la para longe. E foi o que aconteceu: não só abandonava o corpo, mas também aquele lugar.

Via-se novamente na ambulância, com o som insuportável da sirene. Uma enfermeira lhe aplicava soro na veia, e, passado algum tempo, tornou a sentir dor. Estava de volta entre os Minhocas, e uma enorme vespa lhe picava o pulso. Era o antídoto para o efeito do escorpião:

— Achamos que havia entrado numa viagem errada, amigo, por isso o trouxemos de volta — ouviu da mulher que segurava o inseto.

Emílio, porém, de nada se lembrava. Levantou-se da maca num pulo, puxando-a pelo braço, e saíram rodopiando e dançando, entre abraços, pulos e risos. Ela o conduz para perto da mesa em que se encontravam todos os tipos de frutas, flores, queijos, grãos, temperos... sentindo enorme prazer ao tocar e saborear os alimentos:

— É tão bom assim? — perguntou a mulher, mordendo um suculento fruto. Emílio ficou hipnotizado com o rubro néctar que lhe escorria pelo canto da boca.

— Qual a pergunta, mesmo?

— O sexo? — repetiu, oferecendo-lhe um pedaço. — É tão bom assim?

— Quanto ao fruto: é um dos melhores que já provei. Mas não dá para comparar.

— Não consigo imaginar prazer vindo de algo que quase dizimou os seres humanos.

— E que deu vida a toda a humanidade antes de você. Ou acha que os humanos sempre foram gerados em laboratórios?

Numa fatia de pão, a mulher colocou uma pequena lasca de queijo de ovelha, lambuzada numa calda de frutas, e a serviu direto na boca de Emílio.

— Tão bom quanto isso?

Sim, pensou Emílio, aquilo era delicioso, mas não chegava perto de uma boa foda! E, pegando o mesmo pão, calda e queijo, Emílio acrescentou uma pitada de canela, pimenta e pétalas de diferentes flores:

— É ainda melhor que isso — respondeu-lhe, oferecendo a iguaria.

Deliciando-se com a nova proposta, a mulher deu sequência ao desafio: amassou algumas frutas com os dedos, juntando três tipos de pimentas até virarem uma pasta. Acrescentou, ao final, um pouquinho de mel e licor de jenipapo — bem pouco mesmo — e também sal, canela e outra especiaria que Emílio desconhecia. Despejou a mistura sobre uma finíssima fatia daquele carneiro, algumas amêndoas douradas na manteiga e enrolou a carne como um charuto.

— Tipo assim? — insistiu na pergunta.

Emílio estava adorando a experiência, curioso em saber até onde chegariam com aquilo. Achou o carneiro delicioso, mas ela não ficou convencida, e nisso os dois concordavam: ainda faltava alguma coisa. A mulher, por fim, lambuzou os dedos numa geleia, sugerindo passá-la na carne, mas Emílio preferiu fazer diferente: primeiro mordeu a carne, depois chupou a geleia ainda em seus dedos.

— Estamos chegando perto — respondeu Emílio, passando a geleia em seus seios. — Talvez, um pouquinho mais picante — completou, fazendo o mesmo com o umbigo.

A moça, todavia, não sentia nada, nem mesmo cócegas. Não havia em seu corpo uma pelugenzinha sequer para que ficasse arrepiada. Aquilo apenas a deixou aflita, e ela o afastou. Julgando erroneamente o seu gesto, Emílio lambuzou os próprios lábios com a geleia e a beijou.

— Então? — perguntou Emílio.

— Então o quê?

— O que você sentiu?

— Geleia de damasco? — respondeu, levando a língua aos lábios para conferir o sabor.

— Além disso, algo mais?

— Sim! Gosto de cuspe! — concluiu, sem entender o propósito daquilo.

Só então Emílio percebeu que seria mais fácil convencê-la a comê-lo, no sentido literal, do que no bom sentido.

VI

Amanheceu, e ninguém acordou de ressaca. Era comum aos Minhocas levantarem cedo para explorar a superfície em busca de novidades. Antes, reuniam-se no salão principal para o desjejum, onde Dalí distribuía as tarefas que, naquela manhã, seriam bem especiais:

— Colham tudo o que for novo aos olhos, nariz, paladar ou que altere os sentidos — gritava Dalí, acompanhado de uma fanfarra de sopros. — A festa de ontem foi apenas um rito de iniciação, sem nenhuma novidade além do amigo recém-chegado — disse, apontando para Emílio, e completou: — Hoje, quero o sabor do desconhecido!

Emílio ficou perdido no meio da multidão que, como numa gincana, corria de um lado pro outro — com cestos, facões e instrumentos de caça —, afunilando-se pelos infinitos túneis daquele grande formigueiro.

— Vem comigo! — disse a mulher da noite anterior, tomando-o pelo braço e se unindo aos demais.

E percorriam túneis, escadarias, buracos que davam acesso a todos os lugares — inclusive à Sede do Vaticano, caso necessário, dividindo-se pelas infinitas bifurcações, conforme a área que pretendiam explorar, ora pra direita, ora pra esquerda, ora pra cima, escalando raízes e desaparecendo no teto.

Na superfície, os Minhocas brotavam do chão, dos troncos das árvores, dos túmulos no cemitério abandonado, dos bueiros na Cidade Antiga, das rochas, paredes e até mesmo chafarizes... Colhiam frutas, sementes, raízes, insetos, cogumelos, cascas de árvores...

Grupos formados por exímios atores — que nas noites de festa recitavam e encenavam peças — arriscavam-se pelas ruas da cidade disfarçados de autoridades ou de comerciantes, misturando-se à população para se atualizarem das notícias. Fixado à porta da Catedral, o jornal trazia a matéria que lhes interessava: o salmão, extinto após a Febre dos Peixes, voltava ao mercado, produzido em laboratório. Agora, além da carne de cordeiro e insetos, também teriam peixe no cardápio.

Fora da cidade, no alto de um precipício à beira-mar, Emílio e sua parceira alcançavam a superfície. Mal saíram pela fenda da rocha, o novato já estava todo empolgado ao ver um arbusto repleto de frutinhas vermelhas. Pareciam saborosas, pensou, e foi logo abocanhando algumas. Ela até cogitou alertá-lo, mas preferiu ficar em silêncio, caindo na gargalhada ao ver sua careta cuspindo longe aquele fruto amargo.

— Fiz a mesma coisa quando vi *tajubaíba* pela primeira vez — riu-se a mulher. — Mas eu era uma criança de apenas cinquenta anos. Hoje, não cometeria a mesma gafe.

— É horrível! — reclamou Emílio, frustrado com a experiência.

— Há amargura também na beleza, meu querido. Tua visão é boa. Precisa apurar o olfato.

Os Minhocas desenvolveram tão bem esse sentido, que eram capazes de distinguir se algo era comestível ou não — se as frutas eram doces, azedas, venenosas... — apenas pelo cheiro.

E saíram os dois por entre as rochas, recolhendo tudo o que julgavam interessante para a festa, inclusive as tajubaíbas, que, quando processadas devidamente, tornavam-se tão saborosas quanto as azeitonas.

Após cheirar o tronco de uma árvore pela terceira vez, a mulher pegou uma faca e começou a raspar a parte interna de sua casca, extraindo dela um pó.

— Quando se tem um bom olfato, o mesmo acontece ao paladar. Cheira isso — disse, levando a raspa da árvore ao nariz de Emílio. — Deve dar um bom tempero, não?

— Pena que não se comam mais frangos — lamentou o rapaz, imaginando uma boa galinhada com aquilo.

— Ótima ideia! — admirou-se, percebendo que Emílio, mesmo sem o olfato de um Minhoca, tinha noção de como usar os temperos. — Podemos substituir o frango por jaca verde.

Emílio empolgava-se a cada descoberta, todavia não estava satisfeito. Também queria encontrar algo novo para a festa, como forma de agradecer a acolhida. Vasculhou todo aquele terreno rochoso, revirando pedras e arbustos até avistar, fixadas ao galho de uma árvore, algumas plantas parasitas carregadas de frutinhas amarelas.

— E aquilo ali?

— Também não conheço. Nem sabia que davam frutos — surpreendeu-se a mulher.

Sem perder tempo, Emílio escalou a árvore e retornou com um cacho daquela fruta desconhecida.

— Não parecem venenosas — inspecionou a mulher, cheirando profundamente o cacho. — Quer provar?

— Tem certeza de que não são amargas? — perguntou, traumatizado com as tajubaíbas.

— De forma alguma! O cheiro é adocicado — garantiu-lhe. — Talvez, levemente cítricas — ao que Emílio, sem pensar duas vezes, meteu logo um punhado na boca.

— É uma delícia! — comemorou, respingando o néctar das frutinhas que estouravam entre os dentes.

— Já sabe que nome vai dar? — perguntou a mulher após experimentar algumas. — É realmente incrível!

Foi quando Emílio se deu conta de que não sabia, nem mesmo, o nome de sua companhia.

— Não vejo problema nisso — tranquilizou-o. — Não sou apegada ao meu nome. Até gosto de mudá-lo vez em quando. A Igreja nos batizou com números... Foi o Pastor quem nos sugeriu nomes. Dalí, por exemplo, foi ideia dele. Disse que por causa de um pequeno detalhe na vida do artista, mas nunca revelou qual. Pelo mesmo motivo, escolheu o meu primeiro nome: Gala. Depois, mudou para Frida e, com o passar do tempo, começou a me chamar de Vulva, pouco antes de ser expulso do grupo.

Emílio segurou a risada mas, imediatamente, perdeu a vontade de rir. Imaginou como deveria estar a cabeça do Pastor no momento em que lhe deu esse nome. Oxalá, ele próprio não perdesse a sanidade.

— E que nome você tem agora?

— Que tal o mesmo que você der a esta fruta?

— O que acha de Fruta da Paixão?

— Não vale! — intervém a antiga Gala, Frida, Vulva... agora, prestes a receber um novo nome. — Esse nome já existe: é o maracujá, *Fruit de la passion!*

— Sim, claro! — desconcertou-se Emílio, um tanto dissimulado. Logo ele que julgava saber uma única palavra em francês, *Fudê, Foudet, Foudé...* e nem francês isso era! — E que tal Mara? — sugeriu de forma preguiçosa, quase como uma abreviação pro maracujá.

— Péssimo nome! Mara significa "amarga". Não basta a tajubaíba que você comeu? — lembrou-lhe sorrindo.

— Como você sabe de tudo isso?

— Dicionários, enciclopédias... Infelizmente, não restaram muitos livros no mundo. Sem nada de novo para ler, passei a procurar histórias dentro de uma mesma história, por exemplo: a partir dos nomes de cada personagem em um romance. O que significam? Qual a origem? Por que foram escolhidos? Aliás... Já escolheu o nome que vai dar? Tenho certeza de que você consegue ser mais criativo.

Parecia fácil para ela. Emílio, no entanto, revirava-se para fugir do único nome que lhe vinha à mente... e foi exatamente este que acabou sugerindo:

— E Moema?

— *"Aquela que adoça"*, no Tupi. Gostei!

Sim, era um bom nome para uma fruta tão doce... Também combinava com a sua nova amiga, que deixava aqueles dias no fim do mundo bem mais agradáveis.

Sentaram-se sobre uma pedra no alto da colina para contemplar o mar, o céu azul e sentir soprarem os ventos, aproveitando, ao máximo, tudo aquilo que só se podia gozar na superfície. Era dia de missa na Catedral, que, naquele tempo, resumia-se às assembleias e prestações de contas, mas todos eram obrigados a participar, por isso os dois poderiam desfrutar tranquilos daquele lugar paradisíaco. Ali, acariciados pela brisa do mar, jogavam conversa fora enquanto saboreavam as *moemas*.

— Você sabe o que significa vulva? — perguntou Emílio, levando à boca um punhado das frutinhas, sem perceber, no meio delas, um pequeno percevejo. Sentiu uma leve acidez, mas deduziu tratar-se de um fruto verde.

— Claro que sei o que é vulva, não sou idiota! — irritou-se. — Mas na época não sabia. Fiquei feliz com o nome, inclusive achei bonito, até o dia que o Pastor, de forma bem grosseira, tentou explicar-me o que era. Talvez, por isso, hoje eu tenha tanta fixação no significado dos nomes...

Emílio teve um ataque de risos. Moema não entendia o motivo, já que o assunto não tinha a menor graça. Nem ele mesmo sabia o porquê, apenas gargalhava feito um louco, cada vez mais alto.

— O que houve? — perguntou Moema, passando de irritada à assustada.

— Não tenho ideia — respondeu a gargalhadas. — É uma sensação maravilhosa!

Deitado, Emílio deliciava-se com o vento, o contato entre o chão e o próprio corpo que, caso não tivesse raspado os pelos, já estaria todo arrepiado. Moema, só então, percebeu suas pupilas dilatadas. Seriam as frutas venenosas? Mas por que não lhe acontecia o mesmo?

— Se é assim que morremos, que seja a Morte bem-vinda! — respondeu sem que ela o perguntasse, como se fosse capaz de ler até os seus pensamentos.

E talvez o fosse, pois os sentidos estavam infinitamente aguçados. Além da sensação prazerosa espalhada pelo corpo inteiro, conseguia ouvir o som de todas as coisas: dos pássaros que cantavam distante e, também, o bater de suas asas; dos peixes no fundo do oceano aos passos dos insetos na mata; as conversas dos demais Minhocas que exploravam a superfície, o ronco de Dalí que, não suportando o próprio peso, dormia no subterrâneo... Também ouvia as raízes das árvores crescerem, as formigas debaixo da terra, o discurso do Gênese na missa e todos os membros do Sistema prestando conta de seus impostos... além das explosões no sol e que se misturavam ao barulho do coração de Moema assustada.

O mesmo acontecia à visão: conseguia enxergar um mosquito pousado no cume de uma montanha, inclusive reconhecer se era macho ou fêmea; um peixe saltando no horizonte, e, não fosse pela curva do planeta — caso a Terra fosse realmente plana como pensavam bem antes da Idade Média ou alguns idiotas do seu tempo —, seria capaz de sondar o mundo inteiro e conferir se não havia mais ninguém perdido noutros continentes. Olhou fixo para as águas, a observar os peixes no fundo do oceano, e lhe era possível identificar quais deles estavam ou não contaminados pela febre. Forçou a vista um pouco e pôde contemplar as criaturas abissais. Então voltou-se para o céu e percebeu que não estavam sozinhos no universo. Havia vida bem mais interessante do que na Terra; infelizmente, nada poderia transportá-lo até lá.

— O que você está sentindo?

— Não tenho como descrever. É como se estivesse conectado a tudo... Talvez tenham sido as moemas.

— Mas eu também as comi.

— Sendo assim... — ponderou Emílio, lambendo os lábios e farejando o ar, identificando o cheiro e o sabor daquilo que o deixara naquele estado. No momento, nenhum Minhoca tinha um olfato tão apurado quanto o dele.

E ouvindo centenas de ruídos agudos, dirigiu-se ao arbusto de onde colheu as moemas, notando suas folhas repletas de pequenos percevejos.

— Aqui estão os responsáveis! Devo ter comido um deles por acidente — disse, oferecendo um inseto a Moema.

— Não quero isso não! O cheiro é horrível...

— Pode não cheirar bem, mas a sensação é maravilhosa!

E bastaram tais palavras para que ela abocanhasse o bicho inteiro. Como aconteceu a Emílio, suas pupilas dilataram, e, em seguida, teve um acesso de risos. E podia ouvir o som de uma flor abrir-se longe dali e os grãos de seu pólen caindo no chão, bem como sentir o perfume. Escutava os fungos digerindo as cascas das árvores e o cheiro de cada uma delas, como também dos fungos e dos peixes no oceano. A visão, nem se fala: conseguiria, até mesmo, ler as notícias fixadas nas paredes da Catedral — sobre o retorno do salmão ao mercado, por exemplo —, mas não o fez. Tinha coisa mais interessante para sentir, ouvir e contemplar do que ler um tabloide.

Emílio sussurrou algo em seu ouvido, e Moema, pela primeira vez, sentiu a pele arrepiar, mesmo sem ter pelo algum. O vibrar de sua voz proporcionou uma sensação prazerosa que lhe desceu pelas costas e circulou o umbigo, retendo-se a um palmo abaixo dele, ainda vibrando, deixando-a molhada. Podia ouvir o coração de Emílio batendo forte, como também o sangue correndo em suas veias. "Não é o coração", contestou Emílio, exibindo o seu pau pulsante que, junto com o coração, formava uma verdadeira bateria de escola de samba. De seu calor exalava um cheiro do qual Moema quis provar o sabor, então o lambeu.

E estava tudo em tão perfeita sintonia que podiam sentir, no próprio corpo, o que o outro também sentia — e, no caso, Emílio sentia tesão. Moema, que o lambia do testículo até a ponta de seu queixo, já não se contentava em saber apenas o sabor, mas queria colocá-lo inteiro dentro dela e assim o fez, por instinto, sem o incômodo comum à primeira vez. Embora os percevejos os deixassem mais sensíveis, seu efeito parecia também inibir a dor, ou seja: somente o prazer era infinito.

E ficaram assim por horas, com seus corpos misturados: fundidos, confundidos, fodendo... Gozando por cada um dos poros de suas peles como se o corpo inteiro fosse uma grande orgia de minhocas, conectados um ao outro, corpo e mente, mas também com o chão, as águas, o vento e o cosmos...

Somete assim, enquanto se beijavam, Moema pôde compreender quão saboroso poderia ser um cuspe.

VII

No retorno ao abrigo, preferiram fazer um caminho diferente, pela floresta, curtindo um pouco mais a superfície que, de tão colorida, ofuscava-lhes os olhos. O sol brilhava como no meio-dia, o que era muito estranho, pois estavam certos de que haviam passado o dia inteiro naquele lugar. Como era possível ainda estar tão claro? E o que fazia uma coruja piando em plena luz do dia? Mas nada surpreendia tanto Emílio quanto a manada de elefantes que viu passar.

— Vieram nadando — explicou Moema. — Atravessaram o oceano inteiro para fugir do gelo. Era criança quando os vi saindo do mar pela primeira vez e acreditava que as baleias estavam desistindo das águas para habitar a terra.

— E por que não porcos que comeram demais? — brincou.

— Oras! Porcos não vivem no mar.

— Ainda existem porcos por aqui?

— Só os que estão no poder.

O atraso dos dois preocupava os Minhocas, e um pequeno grupo formou-se para procurá-los, o que durou pouco mais de uma hora, quando, finalmente, os encontraram.

— Pensávamos que haviam sido capturados. Só faltam vocês na festa.

— Mas a festa não será à noite? — espantou-se Moema, no mínimo confusa com o que estava vendo.

Por que diabos carregavam tochas acesas mesmo com toda aquela claridade? Mas não há nada que esteja tão claro que não possa ficar ainda mais: aquele sol que brilhava intensamente, negando-se em ir embora, na verdade era a lua. Como acontece aos olhos dos gatos, suas pupilas estavam tão dilatadas que conseguiam enxergar à noite tão bem quanto durante o dia.

Resolvido o mistério, apressaram-se para não perder ainda mais a festa. Pegaram um atalho por trás da cachoeira, aproveitando para tomar um banho, e chegaram com o salão já animado: todos querendo apresentar seus achados, circulando com bandejas cheias de novidades.

— Servidos? — disse alguém arrancando a pata de um inseto gigantesco e que mais parecia uma aranha com asas. — Basta chupar assim, ó... — demonstrou-lhes, enfiando o troço na boca com a ingenuidade de quem, pelo visto, nunca havia comido um caranguejo na vida.

Emílio não recusou, escolhendo uma das patas menores daquilo que, se fosse realmente uma aranha, teria força e tamanho suficientes para arrastar um cachorro à teia. Tirando o aspecto asqueroso, o sabor não era ruim: lembrava lagosta — só um pouquinho mais adocicado.

Noutra bandeja, serviam algo que até poderia ser *sashimi*, não fosse pela cor azul.

— Experimentem. É salmão.

— Não estavam extintos? — perguntou Moema, surpresa.

— O Pastor os trouxe de volta.

— Mas... azul? — admirou-se Emílio.

— Sim! Não é linda a cor? Nunca tinha visto um antes — respondeu aquele homem, maravilhado com a novidade.

Emílio sequer tocou naquilo. Não parecia apetitoso, nem mesmo parecia salmão. Azul? Desconhecia, no mundo, algo que pudesse ser comestível na cor azul.

Perto dali, no entanto, apresentavam novidades bem mais interessantes: um grupo apreciava os aromas de distintas flores e especiarias, enquanto outros incrementavam seus pratos com a mistura dos temperos. Emílio fez questão de provar um por um.

Numa espécie de laboratório improvisado, uma mulher analisava amostras de cada especiaria à procura de possíveis substâncias alucinógenas ou medicinais.

— Examina isso pra gente, Aleteia — disse Moema, entregando-lhe um pequeno frasco com percevejos. — Come um antes e já não precisará do microscópio...

De lá, seguiram em direção à poltrona onde Dalí permanecia sentado, provando pela terceira vez daquele *carpaccio de Smurf* que insistiam em chamar salmão:

— Pela demora, suponho que tenham grandes novidades.

— Sim, algumas — confirmou Emílio, retirando do cesto um vidro cheio de percevejos. — Mas esta é a melhor. Prova!

— Não me apetece — respondeu-lhe, fazendo cara de nojo.

— Come junto dessas frutinhas aqui, ó... disfarça o gosto.

— E por que comeria isso? Nem cheira bem!

— É fedido mesmo, mas... Você comeu o salmão?

— Divino! Viu como a cor é bonita? E vocês querendo me oferecer percevejos...

— O percevejo pode ter um cheiro ruim... o gosto idem, mas o mundo fica uma delícia quando temperado com ele! — disse uma voz vinda de longe.

— Como está indo a análise, Aleteia? — perguntou Moema, reconhecendo sua voz.

— No momento, observo o nascimento de uma estrela. Vocês conseguem ouvi-la?

— Qual delas? — intrometeu-se Emílio.

Conversavam num tom baixo, como se Aleteia estivesse logo ali ao lado deles, contudo, estavam a uns vinte metros de distância. Acabara de provar um dos percevejos e também conseguia ouvi-los bem. Porém Dalí, que só percebia a multidão de vozes e a música da festa, pensou: estão bêbados ou loucos, falando assim sozinhos!

— Come logo e não precisará que ninguém te dê respostas — disse Aleteia, atravessando todo o salão para convencê-lo.

E não foi preciso dizer mais nada para que Dalí compreendesse: o sabor daquilo não estava no cheiro, nem no próprio sabor — muito menos em sua aparência! Engoliu o bicho sem fazer careta e flutuou pelo universo sem sair da poltrona... tão leve quanto um grande balão inflável.

VIII

Os Minhocas organizaram filas para que fossem distribuídos os percevejos, como faziam os fiéis da antiga Igreja no momento da Comunhão: ao invés de hóstia, o inseto, e um punhado de moemas no lugar do vinho.

E o que sucedeu foi uma verdadeira catarse, com as mais variadas manifestações: os que pintavam as paredes transformaram aquele lugar em algo de dar inveja à Capela Sistina, claro, se não estivesse debaixo d'água, como quase todo o resto do mundo. De que vale uma arte se já não pode ser contemplada? E de que vale um mundo cuja arte é proibida? Pois ali, pelo menos ali, embaixo da terra, toda manifestação artística era exaltada.

Quanto à música, no momento, era formada pelo som de todas as coisas — presentes ou não na festa: havia ritmo no barulho das taças, nos passos, nos risos... nas pinceladas dos pintores ou no som da tinta secando nas paredes... Da comida sendo mastigada ao sopro de uma flauta; das raízes aprofundando-se na terra ao fole de um acordeão... tudo em perfeita harmonia, como que orquestrado pelo Universo, os músicos apenas acompanhavam com seus instrumentos. Uns cantavam, outros recitavam ou solfejavam as partituras que escreviam no chão... e até mesmo os seus pensamentos viravam música.

E fizeram cortejo em direção ao grupo que pisava uvas para fazer vinho. Emílio e Moema dançavam e distribuíam percevejos aos que trabalhavam no lagar, despejando o restante sobre as uvas para serem pisados juntos. Um conseguiu escapar — tanto dos dentes, quanto dos pés —, e rufaram tambores, chacoalharam maracas no bater de suas asas, somando-se aos estalos das uvas e insetos sendo esmagados, trazendo mais música para a festa e mais vinho para as futuras.

O casal seguia rodopiando pelo lagar sem jamais interromper a dança — abraçados, beijando-se... — até caírem sobre as uvas. Os demais abriram uma roda em sua volta, cantando e batendo os pés enquanto os dois trepavam, misturados aos bagaços, tingidos pelo néctar daqueles frutos.

Centenas de mãos curiosas passavam pelos seus corpos, fazendo massagens, carícias... contagiadas por aquele desejo inexplicável que se espalhava como a radiação de uma bomba — ou uma grande *hola* de tesão. Aos dois, juntaram-se mais dois, três, cinco... cento e setenta e sete corpos deitados uns sobre os outros. Voando no alto da gruta, o percevejo que escapara tinha uma visão única daquela gigantesca onda a se propagar em círculo, agregando cada vez mais e mais... passando, de centenas, a milhares: todos os Minhocas imersos em prazer, conectados uns aos outros e com o universo ao redor. E por toda a extensão de seus corpos não escapava um milímetro da pele que não fosse capaz de sentir prazer e orgasmos.

Naquele dia, nasceram novas estrelas e a maré encheu; o solo ficou fértil e os animais da superfície entraram no cio. Na Sede do Vaticano, entretanto, sentiram calor... Ali também, entre os Híbridos, esboçava-se, pela primeira vez, alguma forma de sentimento — uma melancolia repentina — e choravam sem nenhuma razão. Nem mesmo sabiam o que era chorar.

Já no subsolo, entre os Minhocas... Ai, os Minhocas! Não havia nome melhor para defini-los. A música dos gemidos ecoava por todo o salão, percorrendo os infinitos túneis, vibrando as raízes das árvores e fazendo suas folhas cantar. O percevejo fugitivo sobrevoou todo aquele emaranhado de pernas, braços, bundas, peitos... até encontrar abrigo numa horta mantida em estufa onde, nas folhas de um tomateiro, pôs seus ovos.

Dalí era o único que permanecia isolado, triste... com seus quase oitocentos quilos e três metros de altura — que, no momento, pareciam o dobro —, sendo, praticamente, engolido pela poltrona. E não fora o peso que o deixara naquele estado, mas o arrependimento.

— Junte-se a nós, Dalí — ouviu Emílio gritar, encontrando uma fresta por entre as pernas de alguém, sem dar tempo a Dalí de lamentar sua mutilação: — Você tem cu, tem dedos, língua... Descubra-se! Reinvente-se!

Dalí, por fim, deixou o corpo rolar da poltrona, amparado por homens e mulheres que o aguardavam em solo, puxando-o pelas pernas, aglomerando-se à sua volta. Como um torrão de açúcar caído num formigueiro, o agarravam e escalavam seu imenso corpo, amontoando-se sobre ele. E com Dalí gozaram vinte e sete pessoas ao mesmo tempo: em sua boca, braços, peitos, coxas e nas dobras de sua pele... O cu, infelizmente, não encontraram, mesmo assim Dalí gozava por todas as partes a soma dos vinte e sete orgasmos.

E puseram em barris as libações que fluíram daquele grande bacanal: o sumo misturado de percevejos, uvas e dos corpos que as esmagaram; o gozo de todos ali derramado e que resultaria num excelente vinho. Depois disso, dormiram encaixados uns nos outros, compartilhando dos mesmos sonhos...

IX

A lembrança daquela noite prazerosa sumiu assim que despertaram. Sofriam com dores insuportáveis no estômago, também nas juntas, e mal conseguiam levantar-se do chão. Emílio era o único que se sentia bem. Com uma leve ressaca, claro, mas nada além disso.

— É a Peste!!! — gritou Moema, ao perceber que não era a única naquele estado.

— Antes andássemos nas rédeas do Sistema, ao menos não sucumbiríamos a tamanha desgraça! — lamentava Dalí.

— Deve ter sido alguma coisa que comeram... algo que somente eu não tenha feito — interveio Emílio, descartando a hipótese da Peste, ou também estaria doente. Após refletir por alguns segundos, lembrou-se do salmão.

— Mas eu também não comi salmão! — contestaram alguns dos enfermos.

O desespero logo converteu-se em suspeitas, e Emílio, vendo que todas recaíam sobre ele, precisava de respostas o quanto antes. Seria mais fácil sob o efeito dos percevejos, por sorte preservados em barris junto ao mosto do dia anterior. Já se iniciava a fermentação, e o gosto não era dos melhores, mas... o que é um suco azedo para quem morderia um percevejo sem contestar? Tapou o nariz e bebeu numa só golada.

— Apresentou-nos à morte e com ela vai brindar? — criticou Dalí, vendo-o entornar o copo. — É um brinde amargo, não é mesmo? Libidinoso traidor!

— O Sistema deve tê-lo enviado para nos destruir de vez! — acusavam os demais.

Concentrado em sua busca, Emílio os ignorava. O efeito dos percevejos veio muito mais rápido que na primeira experiência, talvez potencializado pela fermentação. Em segundos, suas pupilas já estavam dilatadas, e todos os sentidos aguçados. Inclinou-se sobre os enfermos qual um cão que fareja as vestes de um fugitivo, cheirando um por um até descobrir a origem daquele mal-estar:

— Foram os percevejos — concluiu.

— Mas você também provou deles, inclusive agora! — lembrou Moema.

Conferiu os doentes uma última vez e, após cheirar o próprio corpo e lamber-se, ergueu o nariz ao teto e inspirou profundamente, abandonando o salão às pressas.

— Aonde você pensa que vai? — interpelou Dalí.

— Nos entregar, é óbvio! — concluiu Moema, deixando a multidão em pânico. Estavam tão debilitados, que não lhes restava nada além de praguejar e esperar o pior.

Emílio, todavia, percorria aquele labirinto de túneis como se já estivesse bem familiarizado. Após refazer o trajeto do dia anterior, chegara ao precipício onde ele e Moema encontraram os percevejos. Seguiu farejando o local e de lá retornou com um cesto carregado de tajubaíbas.

— Basta morder um pedaço — disse, oferecendo-lhes o fruto.

— Não é hora pra esse tipo de piada! — reclamou Moema — Todos já caíram nessa!

— Exatamente! Por isso mesmo, fui o único a prová-las ontem — retrucou Emílio, insistindo para que comessem uma: — Vai anular o efeito colateral do percevejo.

Mesmo desconfiada, Moema confiou os lábios ao amargoso fruto. Nada poderia ser pior do que aquela dor, e bastou uma única mordida para que se livrasse dela. Ao perceberem que funcionava, os demais moribundos serviram-se do antídoto.

A paz voltou a reinar, e os convalescentes estavam famintos. Aproveitando as sobras da festa, improvisaram um banquete farto para um almoço tardio. Parte da comida nem mesmo havia sido provada.

Terminada a refeição, enquanto ainda decidiam a sobremesa, Dalí pediu silêncio, convocando uma reunião entre os Minhocas mais antigos, ou seja: menos o Emílio. Estava certo de que discutiam a sua expulsão e permaneceu sentado sozinho à mesa, apreensivo, aguardando para que, ao menos, se despedissem. E vieram até ele, Moema, Dalí e outras cinco pessoas, sendo Moema a primeira a falar:

— Antes de mais nada: pedimos perdão por julgá-lo tão mal...

— Não fosse a ajuda de vocês, estaria em situação bem pior — disse, contudo ainda esperando o pior.

— Gostaríamos de lhe prestar uma homenagem como prova de nossa confiança e gratidão — continuou Dalí.

— Faremos uma festa toda dedicada ao teu prazer — completou Moema, ao que Dalí anunciou com um forte brado:

— O tema de hoje será "Emílio em Êxtase"!

E todos ficaram empolgados com a proposta — não mais do que o próprio Emílio:

— Então... Por que não começamos agora mesmo? — animou-se o rapaz, aliviado por não ser expulso, o que já era o bastante para deixá-lo em êxtase.

Já tinham tomado o antídoto... só faltavam os percevejos! Separaram o barril estreado por Emílio e todos beberam daquele mosto fermentado. Aliás, se pretendiam obter vinho daquilo, que providenciassem mais insetos. Um barril já estava comprometido. Agora, restavam três.

E, como acontecera a Emílio, em pouco tempo estavam todos sob o efeito do percevejo. E pegaram o homenageado nos braços e o deitaram no chão: a cabeça apoiada no colo de Moema; o resto do corpo, sobre diversas coxas. E lhe acariciavam os cabelos, o pescoço, o peito, os pés... oferecendo-lhe frutas e todo tipo de iguarias servidas com beijos ou espalhadas em sua pele. E o untavam com óleos essenciais... — às vezes, com as mãos; às vezes, deslizando o corpo inteiro sobre seu. E foi assim, deslizando, que alguém montou em sua boca e ali ficou, esfregando-se até gozar. Outras pessoas faziam o mesmo em suas mãos, braços, coxas... Ora chupavam o seu pau, ora o colocavam dentro delas, e esse mais parecia um cetro no qual rainhas revezavam o trono.

— Está confortável? — perguntou Moema.

— Mais ou menos... — respondeu Emílio, com uma baita cara de sonso — Tem como baixar um pouquinho o joelho?

— Claro! Assim tá melhor?

— Bem melhor — riu-se, vendo que agora era possível chupá-la. — E você? Tá confortável?

— ...! — tentou respondê-lo, mas... ai que delícia!

Deixando a cabeça do rapaz escapulir por entre suas coxas, Moema ia, aos poucos, montando em sua boca. Não satisfeita, deslizou pelo corpo de Emílio — banhado a óleo, saliva e suor — escorregando até encaixar-se em seu pau. Homens também se ofereciam, mas Emílio — apenas por uma questão de gosto — os dispensava. As preferências de todos eram respeitadas, e havia lugar para qualquer uma delas... o único limite era o consentimento. Dessa forma, todo mundo participava: ou trepando ou dando conforto aos que se desejavam, oferecendo a maciez de seus corpos para que se acomodassem.

Emílio quis retribuir as honras, estendendo a experiência: Moema era a homenageada da vez, erguida às alturas nos braços da multidão, como se levitasse, nua, carregada de mão em mão até a mesa onde a deitaram sobre os restos do banquete — e era ela o banquete. E bebiam licores em seu umbigo e lhe lambiam as geleias espalhadas pelo corpo por diferentes mãos, dedos, línguas, paus, peitos e bocetas que deslizavam por sua pele — fora e dentro dela — fazendo-a gozar duzentas e setenta e três vezes sem interrupção. E sucederam a brincadeira a Dalí, depois a Aleteia... até que todos tivessem a sua vez.

Nenhum paxá, marajá ou sultão, em nenhum harém — nem no paraíso muçulmano, nem no inferno cristão — ou no templo de Afrodite, ou nas festas de devoção a Baco... Nem mesmo no palácio de Calígula ou no reino de Salomão; tampouco no Carnaval do Rio de Janeiro ou numa das famosas festas em Fernando de Noronha se viveu algo tão grandioso assim.

X

Na superfície, no entanto, a melancolia assolava os Híbridos. Desconfiavam de que pudesse ser algum tipo de influência maligna, quem sabe, trazida pelo Libidinoso desaparecido na mata. Por fim, um grupo de Malthusianos saiu à procura do fugitivo, percorrendo toda a floresta até chegar à casa do Pastor:

— Sejam bem-vindos! Apreciaram o salmão?

— Sim, o Gênese aprovou e já abastecemos o mercado. Mas não foi isso que nos trouxe aqui.

— E a que devo a honra da visita?

— Recebemos queixas de um Libidinoso causando tumulto na cidade. Disseram que o viram correr para estas bandas... Você, por acaso, teria notícias dele?

— Sim, esteve por aqui há algumas semanas.

— Como assim "esteve"?

— Fugiu logo que tentei castrá-lo — dissimulou. — A essa altura, já deve ter sido devorado pelas feras.

— Ou encontrado os Minhocas! — alarmaram-se. — É um risco que não podemos correr, não é mesmo?

— Sim, claro, claro...

— Você está ciente das consequências disso? — insistiu o Malthusiano, desconfiado de que o Pastor pudesse saber algo mais, porém o Pastor se fez de desentendido:

— Lógico! Os Minhocas poderiam influenciá-lo... — respondeu.

— Ou ele poderia ser a má influência! A Peste está sob controle há séculos, graças às nossas medidas de segurança. Um Libidinoso no meio dos Minhocas poria tudo isso a perder, concorda comigo?

— Sim, é verdade, mas não acho que devam preocupar-se com isso. Em buraco de minhoca ninguém consegue nada...

— Como?

— Só estava pensando alto, já que ninguém conseguiu encontrar os seus túneis até hoje, não é verdade? — corrigiu-se rapidamente.

Os Híbridos farejavam todos os cômodos e utensílios da casa. Não encontrando nada, deixaram o local ainda desconfiados.

— Mantenha-nos informado de qualquer novidade.

— Pode deixar — respondeu o Pastor apreensivo, certo de que voltariam e dos riscos que sua mentira poderia acarretar. — Tanto trabalho pra nada... — pensou, jugando inúteis os esforços de Emílio. — O que há para um Libidinoso fazer neste mundo a não ser criar ovelhas?

O que o Pastor não sabia era que o mundo havia se tornado bem mais divertido no lado de baixo, no subsolo. Que "em buraco de minhoca" aconteciam delícias inimagináveis e que aquele Libidinoso, a quem acobertara, gozava de todas elas... de tudo aquilo que a vida ainda oferecia de prazeroso, menos o ar fresco, o céu azul, a brisa do mar... o próprio mar. Cachoeira eles possuíam no subterrâneo — lindas, por sinal —, mas faltava o sol e o verde das árvores, o canto e o sobrevoar dos pássaros... Tudo isso fazia falta, mesmo nos dias em que exploravam a superfície — onde precisavam ficar sempre atentos —, pois também eram privados do prazer máximo da vida: o direito sublime à Liberdade. O Pastor a prezava acima de tudo, e, naquele momento, a sua encontrava-se ameaçada. Não era a castração o que temia. Para crimes de traição, a punição era outra, mas preferia morrer a ser enviado à Ilha de Brás. Desconfiavam dele, e já não queria correr o risco.

Naquela tarde, decidiu visitar os Minhocas — o que não acontecia desde que fora expulso. Não sabia, ao certo, o que pretendia com a visita, talvez convencer o Emílio a se entregar.

Conhecia bem o caminho, só não reconheceu o lugar. Aliás, ficou perplexo: a festa continuava, e nunca tinha visto tamanha suruba. Era difícil identificar alguém no meio de tanta gente misturada. A qual corpo pertencia aquele par de pernas? E aquelas cinco cabeças que chupavam um mesmo pau? E de quem era aquele rosto coberto por uma bunda? E a bunda?

— Alguém pode me explicar o que está acontecendo?

— Pastor?! A que devo a honra? — perguntou Dalí, surpreso com a visita.

— Vim trazer notícias da superfície, mas acho que cheguei atrasado.

Os demais permaneceram trepando, sem dar a menor atenção à conversa.

— Ficaram loucos? — continuou o assustado Pastor. — Esqueceram da doença? O que vocês estão fazendo é suicídio coletivo!

— E quando você tentou me comer na marra era o quê? Homicídio? — interveio Dalí.

— Pois agiram certo em me expulsar, aliás, devo-lhe desculpas...

— Pois estou disposto a aceitá-lo de volta. Basta continuar de onde parou — sugeriu Dalí, tomado pelo tesão.

— Como assim??? E a Peste?

— Peste? Que Peste? — intrometeu-se Emílio. — Tá vendo alguém doente aqui? Estou cada vez mais convencido de que tal doença nunca existiu.

— Eu mesmo testemunhei a morte de muita gente...

— Vê alguma morrer agora? — interrompeu Emílio. — Não percebe, Pastor? Se um dia a doença existiu, já não existe mais.

O Pastor ficou em silêncio, surpreso com o que via, confuso com o que acreditava.

— E quais são as novidades que o trouxeram aqui? — perguntou Dalí.

— Uma comitiva de Malthusianos visitou-me pela manhã. Estão no rastro do Libidinoso...

— Você me denunciou?

— Não. Falei que você havia fugido, mas acho que a coisa vai ficar feia pra gente.

— Por qual motivo? — questionou Dalí.

— Porque suspeitam de que ele possa estar aqui e o procuram por toda parte.

— Que procurem! — desdenhou Emílio. — Perseguem os Minhocas há tanto tempo e nunca os encontraram, nem mesmo os seus túneis. Por que haveria de me preocupar? Estamos seguros aqui.

— A diferença é que, agora, possuem um motivo real para querer encontrá-los: você representa uma ameaça ainda maior que os Minhocas, principalmente estando juntos.

— Não seria capaz de nos entregar, seria? — perguntou Dalí.

— Guardei segredo por tanto tempo... Por que faria isso agora? Mas estão desconfiados de que menti, e não suportaria a pena por traição.

— Você pode ficar aqui conosco...

— Morar aqui? Mas estou há tanto tempo morando no campo, ao ar livre, sozinho... Morar debaixo da terra? Viver em túneis? — ponderava. — Pois bem: estou acostumado a viver na superfície, mas a solidão enlouquece qualquer um. E, pelo visto, o lugar ficou bem mais interessante do que na minha época.

— Então para de pensar e venha participar da festa! — convidou Moema, retornando, em seguida, à boceta que chupava.

E, como um náufrago a escapar de uma ilha deserta, o Pastor lançou-se àquele mar de gente, após anos de solidão em terra firme. Não recusava ninguém, homens e mulheres, sem preconceito. E se fartou no imenso corpo de Dalí, que, num gozo também imenso, enfartou — primeiro Dalí, em seguida o Pastor. Foderam tanto que os corações explodiram — Que nem o meu pau!, diria Dalí, caso a morte lhe permitisse.

— Foi a Peste! — gritavam alguns.

— Antes vivêssemos debaixo da Lei... — murmuravam outros, mas o alvoroço durou pouco, aliás, bastava olhar para ver que não.

Morreram sorrindo, o Pastor tão encrostado na pele de Dalí que tiveram dificuldade em separá-los. E foi com muito esforço que conseguiram carregar o seu corpo pesado ao salão onde sepultavam os mortos. Ali também enterraram o Pastor, cometendo um grande erro: melhor seria que os Malthusianos o encontrassem morto em casa. Agora, eram dois Libidinosos desaparecidos. Com certeza, decretariam Estado de Sítio.

XI

A comitiva que visitou o Pastor retornava ao Palácio dos Bons Costumes: o antigo estádio do Maracanã, agora a sede do Vaticano. Onde antes ficava o gramado, havia um imenso jardim com pavões e esculturas do Gênese por todos os lados. No centro, um pomposo chafariz e, em toda a extensão do campo, de um gol ao outro, um corredor de palmeiras imperiais conduzindo a uma das alas na arquibancada. A partir dali, as palmeiras davam lugar a gigantescas colunas de mármore, também enfileiradas, e a um tapete vermelho que se estendia pela escadaria até o alto, onde o Gênese os aguardava em seu trono.

O comandante da expedição, tomando a frente, ajoelhou-se diante dele e lhe beijou os cascos dos pés:

— Salve, ó Grande Gênese!

— Salve! — fizeram coro os demais, em reverência.

— Onde está? Dá pra mim! — disse o Gênese, lambendo os lábios.

Referia-se aos testículos de Emílio. Era um costume seu comer os bagos fritos dos castrados. Como a prática já não ocorria há tempos, aguardava ansioso pela iguaria.

— O Libidinoso escapou, Vossa Santidade.

— Como é? — esbravejou o pontífice, inconformado.

— O Pastor informou que ele esteve lá há algumas semanas, mas fugiu assim que tentou castrá-lo.

— O Pastor disse isso? — perguntou um tanto desconfiado. — Chega! Não podemos correr o risco de dois Libidinosos juntos. Amanhã cedo, voltem lá e castrem o Pastor! Quero suas bolas na minha mesa ainda na hora do almoço.

No dia seguinte, quando a comitiva retornou à casa do Pastor, a encontrou de portas escancaradas, e as ovelhas cagavam por todos os cômodos. Os Minhocas passaram por ali antes e pegaram tudo o que poderia ser útil — tanto na casa, quanto no laboratório —, abrindo as cancelas dos currais para que os bichos pastassem livremente.

Sem sinal do Pastor, retornaram ao Palácio e deram a notícia que traria transtornos, tanto na superfície, quanto no subsolo. Tropas de Malthusianos ocuparam ruas, campos, morros, florestas; vasculhavam casas, ruínas, grutas... até túmulos! Espalhavam cartazes pela cidade e o pânico na população — o risco de uma epidemia eminente —, montando guarda dia e noite e alternando as vigílias em turnos de seis em seis horas.

Estava cada vez mais difícil para os Minhocas explorarem a superfície, e os mantimentos logo ficariam escassos. Passaram por longos dias assim: sem festas, racionando a comida e elaborando planos para os dias difíceis.

A estratégia era bem simples, como pôr "minhocas no anzol": um grupo serviria por isca, enquanto o outro realizaria a pesca. Os demais dariam cobertura nos túneis, modificando os caminhos caso fossem perseguidos. A estrutura toda já estava pronta, mas nunca a colocaram em prática. Acontece que, além dos diversos túneis que ligam a superfície ao esconderijo, foram cavados inúmeros outros que levavam a lugar nenhum. Por meio de paredes móveis, desviavam a rota dos invasores — abrindo caminhos, fechando e unindo outros, conforme estes avançavam — conduzindo-os pelos falsos túneis até se perderem debaixo da terra ou retornarem ao mesmo ponto por onde entraram. Enquanto as "iscas" distraíam os guardas — confundindo-os nas matas e nos túneis —, os "pescadores" colhiam o máximo de alimentos possível em segurança.

Mais uma vez, os Minhocas gozavam de fartura, e as festas voltaram a todo vapor. Sem tantas novidades como antes, claro, mas atendendo aos mais variados apetites: tinham comida, bebida, música, sexo, percevejos... Estes últimos, aos poucos, deixavam de ser necessários à libido, mantendo-se apenas o rito para fins transcendentais. Tudo porque, certo dia, depois de uma festança daquelas, os Minhocas amanheceram com o corpo coberto por uma estranha pelugem. Sim, inexplicavelmente os pelos começaram a nascer em seus corpos, crescendo e tomando força, dia após dia, até virarem cabelos, pentelhos e todos os demais pelinhos que cobrem a pele: negros, brancos, ruivos, loiros, lisos, crespos, encaracolados...

Ao perceberem aqueles fios estranhos brotando da pele e que só tinham visto em híbridos e no Pastor, entraram novamente em pânico, como de costume:

— Deve ser a Peste! — gritavam...

— Antes morrêssemos de fome — murmuraram...

Mas o susto durou até a primeira corrente de ar soprar-lhes o corpo. A partir daí, passaram a entender quanto prazer poderia emanar de um simples vibrar dos pelinhos na nuca, nas costas ou no ventre... Quão delicioso era um cafuné, um cheiro no cangote, um sussurrar nos ouvidos... Desconheciam as cócegas — a linha tênue entre o prazer e a tortura —, o arrepiar de cabelos, a pele ouriçada... — mais tarde, entenderiam que o mesmo ocorria durante o medo e o susto.

Aconteceu quando um grupo de vinte e três Minhocas foi capturado durante uma missão na superfície. Sob a ameaça de serem enviados à Ilha de Brás, aproveitaram os pelos recém-crescidos no corpo — no momento, arrepiados pelo pavor — para se apresentarem como Libidinosos, que ali chegaram igual a Emílio e que nada sabiam a respeito dos Minhocas. Dessa forma, escapavam à prisão e eram liberados logo após serem castrados. A mesma sorte, porém, não sobreveio às mulheres... Como sucedeu durante toda a história da humanidade, as piores punições sempre recaem sobre a sexualidade feminina. Cientes de que jamais controlariam a sua força, destinaram a elas o horror da Ilha.

XII

No Vaticano, mesmo com a fartura de testículos à mesa, o Gênese estava inconformado. As buscas tornaram-se mais acirradas e não eram movidas pela gula, mas pelo ódio. Havia bem mais Libidinosos espalhados pelo mundo do que se esperava, e isso era inadmissível: comprometia a sua autoridade e ameaçava todo o sistema de controle firmado durante séculos. A coisa toda debandou após uma tentativa frustrada de resgate às prisioneiras antes que fossem enviadas à Ilha. Por resultado: quarenta e sete homens castrados e, somando as mulheres, cinquenta novos presos. Reconheceram, entre eles, antigos membros do Vaticano que, há tempos, haviam se rebelado. A desculpa de que eram Libidinosos já não colava, muito pelo contrário: os Minhocas tornaram-se Libidinosos, e isso contrariava ainda mais o Gênese.

A ordem era dinamitar todo buraco, caverna ou qualquer área onde poderiam refugiar-se os rebeldes. Achá-los ou soterrá-los não fazia a menor diferença, mas é lógico que preferia suas bolas fritas no café da manhã.

Enquanto isso, no subsolo, a dinâmica também mudava. Os Minhocas mais pareciam formigas preparando-se para o inverno — em que cigarras já não cantavam. Tornaram-se nômades, dia após dia, fugindo dos desmoronamentos causados pelas explosões, carregando os suprimentos de um canto ao outro, questão de vida ou morte, já que era impossível explorar a superfície para reabastecê-los. Nas atuais condições, comida voltava a ser apenas alimento — sobreviver era o "tempero".

E firmaram abrigo onde o Gênese nunca suspeitaria: bem debaixo de seu nariz, ou seja, do Palácio dos Bons Costumes. Aquele lugar jamais seria dinamitado, e ali poderiam repensar as estratégias para contornar a situação. Tinham alimento suficiente para manter-se por, no máximo, um mês: grãos, frutos secos, especiarias e carne de cordeiro conservada no sal. De sede não morreriam — sempre havia água minando de alguma parede —, mesmo assim, logo precisariam retomar as missões em busca de comida, só não sabiam como.

— Dalí e o Pastor se foram — alguém comentou. — Eram as pessoas mais velhas daqui. Em breve, será o Gênese...

— Em breve quanto? — interrompeu Emílio. — Amanhã? Um ano? Cem? Outros mil?

— É mais provável que morramos antes de fome! — retrucou Aleteia.

— E se nós mesmas déssemos fim nele? — manifestou-se Moema.

Houve silêncio entre os Minhocas. Tinham uma única regra clara a esse respeito: a morte, sob hipótese nenhuma, deveria ser imposta — nem mesmo em situação de combate. Ou vinha de forma natural, ou era consentida — regra básica na vida, inclusive no sexo —, por esse motivo, respeitavam a decisão de um suicida, mas, de forma alguma, o assassinato.

— É assim? Vamos ficar esperando, contando com o acaso? — continuou.

— E se, ao invés de matarmos o Gênese, destruíssemos o Éden? — perguntou Aleteia, referindo-se ao laboratório onde eram produzidos os Híbridos.

— O Gênese continuaria no poder, seu exército permaneceria forte e logo voltariam a produzir Híbridos — respondeu Moema.

— Se me permitem... — levantou-se Emílio. — Pelo que sei, o Gênese apenas repete aquilo que o Pastor havia deixado pronto, mas desconhece o processo.

— E os Imaculados? Esqueceram? Somos a pequena parte que se rebelou. A grande maioria permanece fiel ao Sistema e, como nós, ainda viverá muitos anos.

Enquanto quebravam cabeça, a solução surgiu, por assim dizer, caída do céu: calhou de, certo dia, o chão ceder após os soldados dinamitarem a região, soterrando vários Híbridos. Apenas três deles escaparam com vida, ficando presos no subsolo. Os Minhocas os encontraram já bastante desidratados e famintos, depois de uma semana e meia perdidos na escuridão dos túneis. Mesmo fracos e em menor número, ao perceberem a proximidade dos rebeldes, ainda tiveram a ousadia de dar voz de prisão. Os Minhocas, é claro, riram:

— Vamos lá, gente! Deixem que nos conduzam ao cárcere — zombava a multidão.

— Querem que formemos fila?

E os levaram a um lugar isolado, sob rígida vigilância, mantendo em segredo a localização do grupo. Não queriam correr nenhum risco, todavia não poderiam deixá-los padecer de fome.

E serviram água e comida aos prisioneiros, que, num primeiro momento, olharam, cheiraram e recusaram, mas a fome era tanta, que deixaram a desconfiança de lado e se fartaram com a refeição.

— O que é isso? — perguntaram, ainda receosos.

— Não reconhecem? É cordeiro — respondeu quem os servia, colocando mais uma porção em seus pratos.

— Não parece com o cordeiro que comemos aos domingos. O gosto é diferente.

— Conhecemos bem a ração servida na superfície. Atende à fome, mas ignora o paladar.

— E qual a diferença? Não é tudo cordeiro?

— Oras! Responda você mesmo: acabou de comer um cordeiro e nem mesmo reconheceu o sabor. Se tivesse que escolher entre este ou o servido aos domingos, qual iria preferir? Pois, se não sabe a diferença, eu te explico: uma coisa é comer, outra é sentir prazer com o que se come! O sabor é a alma do alimento, e a diferença é o que chamamos de "tempero". Estão acostumados a um cordeiro cozido somente no sal. As melhores partes ficam para o alto clero, restando-lhes os miúdos. Aqui, qualquer um saboreia de tudo, e o preparo pode ser feito de formas tão diferentes... Hoje, por exemplo, usamos a carne curtida no vinho, temperada com pimentas, hortelã... recheada com castanhas e frutos secos. Amanhã, quem sabe, poderá ser no leite de coco.

— Vinho??? — gritou um deles, cuspindo a comida fora. — O vinho é banido pela Lei dos Bons Costumes!

— Disso sabemos, só não entendemos o porquê.

— Porque o vinho mata e vocês estão contaminando o mundo!!!

— Contaminando o quê? Meu caro, só estamos dando ao mundo um novo sabor. Suas leis são fundamentadas em mentiras! Por que temem a morte, se de nada tais leis servem à vida? Apenas a deixam sem graça, igual à comida oferecida lá em cima.

— Pelo menos, ninguém morre delas!

— Nem de vinho!

— Não foi isso que o Gênese nos disse!

— O Gênese? O que o Gênese sabe sobre a vida?

— Ele é a fonte da vida, aquele que vive para sempre!

— Amém! — responderam os demais.

— Outra mentira que contaram, mas conversaremos sobre isso outro dia. Por ora, é melhor que comam, ou saberão o que realmente mata: e não é o vinho, mas a fome!

XIII

Conviver entre os Minhocas foi um verdadeiro choque de realidade para aqueles Híbridos. A cada experiência nova... a cada sabor, sensações, até mesmo a embriaguez... Sim, eles provaram do vinho e pela primeira vez sorriram. Eram, aos poucos, despidos de seus preconceitos, passando de estranhos invasores a amigos. E deram a eles nomes no lugar dos números com que eram identificados. Ao que possuía chifres como os de bode, batizaram Silvano. O que tinha a pele coberta por penas passou a ser chamado de Ícaro. Jim Morrison foi o nome dado ao terceiro, com o corpo repleto de escamas. Sugestão de Emílio, em homenagem ao *Lizard King* — *This is the end... my only friend, the end...* —, os demais foram escolhidos por Moema.

E fizeram a primeira grande e merecida festa após longos dias de trabalho exaustivo. O ingresso daqueles três novos membros ao grupo era motivo de sobra para comemorarem: o primeiro contato amigável entre Minhocas e Híbridos.

Não houve um banquete farto como o de costume, mas o vinho era abundante, e não faltavam músicas, danças, alegria... pois, para os iniciados, tudo era novidade, inclusive o afeto que recebiam. Entre os Híbridos, bem como todos na superfície, isso não existia: eram apenas regras e obediência, assim organizava-se a sociedade. Felicidade era outra coisa que desconheciam. Agora, aquilo que viam como mal, pecado, impróprio ou criminoso tornava-se uma delícia. Gostaram até mesmo das amargas tajubaíbas, servidas, como de praxe, após o mosto pisado com os percevejos.

A experiência levou-lhes a sentir vergonha por, um dia, terem acreditado no Gênese. Seus discursos cheios de verdades absolutas afrontavam até mesmo a mais ínfima das inteligências. Como puderam submeter-se a leis tão absurdas? Era necessário fazer algo a respeito, despertar os demais... mas teriam essa oportunidade numa ocasião adequada. Naquele momento, outra situação chamava mais a atenção: pessoas amontoadas, trepadas umas nas outras, ou seja: trepando! O mais incrível: não morriam.

E sentiram seus pelos, plumas e escamas ouriçados — não pelo susto, mas pelo desejo — unindo-se à suruba numa quase bestialidade aceitável. Silvano comia Aleteia, enquanto Ícaro comia Silvano. Outras duas mulheres divertiam-se nas pontas de seus chifres, e as plumas no corpo de Ícaro provocavam-lhes cócegas.

Com Jim Morrison, porém, a coisa era bem mais complicada: suas escamas machucavam quem com ele se deitava, atraindo apenas aqueles que sentiam prazer na dor — e não eram muitos. Até mesmo esses desistiam quando a pele começava a esfolar.

A festa durou três dias e, ao final, quase esquecendo da crise em que se encontravam, convocaram uma reúnião de emergência. Já tinham consumido um terço dos mantimentos, sem nenhum plano concreto que solucionasse a questão. Contavam apenas com uma carta na manga, aliás, três: Silvano, Ícaro e Jim Morrison, que poderiam vagar livremente pela superfície sem levantar suspeitas. Não havia nenhum caso de rebelião entre Híbridos. Sempre foram servos devotos, obedientes à Lei. Por que desconfiariam deles? Aliás, jamais seriam reconhecidos: além do Gênese, só existiam seis grupos distintos de Híbridos, separados pelas características físicas predominantes, conforme as combinações em seus DNAs. Todos os demais eram clones idênticos a esses. Iguais a Silvano, existiam milhares. O mesmo acontecia a Ícaro e a Jim Morrison.

Havia, também, os Híbridos com focinho de porco e outros que lembravam cães. Com estes últimos, deveriam ter cuidado redobrado ou seriam identificados pelo cheiro dos Minhocas em seus corpos. Por sorte, existiam poucos deles e, geralmente, montavam a guarda do Palácio — exceto nos casos de caça a foragidos, como ocorreu na chegada de Emílio.

Em número ainda menor, existiam os Gárgulas: combinação genética feita a partir de morcegos. Serviam como a antiga Guarda Suíça Pontifícia, embora lembrassem bem mais a Guarda Real Britânica, imóveis no alto da Catedral como atalaias, ou pendurados sobre as grandes colunas do Palácio. Da mesma forma que os morcegos, uma membrana unia seus braços e dedos compridos para formar as asas. Sendo parte humanos, eram bípedes, capazes tanto de andar sobre as duas pernas como, também, de voar e prender-se de cabeça para baixo. Sentinelas atentas, só deixavam o posto em situações de risco, quando deveriam carregar o Gênese a um local seguro. Por esse motivo, ninguém jamais os vira voando. A maioria nem mesmo sabia de sua existência ou, simplesmente, considerava que não passavam de meras estátuas.

XIV

Em sua primeira missão, o grupo saiu para um mapeamento estratégico: quais áreas seriam dinamitadas e quais já haviam sido? Quanto tempo levava entre uma explosão e outra? Quais pontos estavam sendo vigiados e quando seriam liberados? Quanto tempo os soldados permaneciam num mesmo local e quanto durava cada turno? Do subsolo, os Minhocas anotavam tudo. Silvano, Ícaro e Jim Morrisson eram seus olhos, bocas e ouvidos na superfície. As informações eram passadas numa frequência de som tão baixa, que só poderia ser emitida ou captada graças ao efeito dos percevejos.

Trabalharam duro durante dias, cavando novos túneis e usando a terra para tapar os antigos. Também construíam armadilhas abaixo dos locais que seriam dinamitados: poços que se estendiam até o limite da superfície, deixando apenas uma frágil camada do solo, como um fojo gigantesco. Bastava uma única explosão para que toda aquela área desmoronasse, aprisionando os soldados. Dessa forma, dispunham de tempo para explorar o local antes que a próxima guarnição chegasse para substituir o turno, recolhendo o máximo de alimentos, além das dinamites deixadas pelos prisioneiros. Esses eram submetidos a longas horas de conversa com Emílio e Silvano, podendo escolher entre unir-se ao grupo ou permanecer preso por mais tempo. Os recursos já não bastavam para alimentar os aliados, quanto mais os inimigos. O problema é que não podiam mantê-los encarcerados para sempre.

Na primeira armadilha, foram dezessete a cair, e apenas um aceitou o convite. Os demais permaneceriam presos tempo suficiente para os Minhocas explorarem a superfície, depois disso seguiriam livres.

Aconteceu diferente na segunda leva de prisioneiros: foram trinta a cair na armadilha e, surpreendentemente, os trinta aceitaram ficar. Na armadilha seguinte, todos os quarenta e nove. Assim, cada vez mais Híbridos optavam pela liberdade, não daquele lugar, mas do velho modo de vida. Eram mais bocas para alimentar, em compensação mais gente trabalhando. Praticamente a metade dos Híbridos uniu-se aos rebeldes, deixando a superfície quase sem vigilantes. No entanto, circulava a notícia de que o Vaticano possuía um número três vezes maior de soldados já adultos, prontos para serem "paridos".

A ideia de destruírem o Éden vinha novamente à tona, e, dessa vez, todos concordavam. Moema assumia a liderança do grupo, Aleteia, o planejamento tático. Seguiriam a mesma estratégia das armadilhas, contudo seriam eles a detonarem as bombas: cavariam um imenso fosso sob o Éden e dinamitariam seus alicerces. O plano era vê-lo inteiro engolido pelo chão.

Jim Morrison atuava na superfície, medindo a área do prédio e repassando os dados para que iniciassem as escavações. Também era ele quem orientava os soldados do

Vaticano sobre quais áreas deveriam dinamitar, conduzindo--os às armadilhas.

Emílio, por sua vez, assumia uma função quase sacerdotal: algo entre um padre hedonista, um produtor de festas e um barão das drogas. Tornou-se responsável, por assim dizer, pela "conversão" dos prisioneiros, para os quais os testemunhos de Silvano e Ícaro eram de grande valor. Também era sua função iniciá-los em todos os ritos de passagem, incluindo os percevejos.

E "pregava" sobre histórias antigas de seu tempo, coisas que já não existiam e a possibilidade de voltar a vivê-las: amizade, companheirismo, solidariedade e, claro, o prazer sexual. Mas jamais pronunciou nada a respeito do amor romântico em seus discursos. Nessa nova religião, em que o tesão era o dom supremo, tal amor parecia pecado. Não por acreditar nisso verdadeiramente, mas por medo, e os motivos eram pessoais. Acontece que Moema, conforme seus cabelos cresciam, tornava-se cada dia mais parecida com a outra Moema, a casada com o bicheiro e por quem fora apaixonado e amante. A lembrança era por demais dolorosa, motivo de seu silêncio, pois, à medida que as duas Moemas ficavam parecidas, o mesmo acontecia aos seus sentimentos. Proibiram as artes, as drogas, até mesmo o sexo, mas não há lei no mundo, nem dogma nem ameaça capazes de suprimir o amor.

XV

Deram início ao plano, escavando um buraco grande o suficiente para soterrar o Éden. Trabalhavam dia e noite, revezando-se de forma que ninguém ficasse sobrecarregado.

E, com tantos Híbridos unindo-se ao grupo, podiam explorar a superfície livremente, pois restavam poucos para vigiá-la. Os depósitos voltaram a ficar cheios de mantimentos, um alívio, pois o número de aliados não parava de crescer. Se continuasse assim, quem sabe, voltariam a viver na superfície: bastava destruírem o Éden. E foi com esse objetivo em mente que aceleraram ainda mais o ritmo das escavações até surgirem os primeiros alicerces. Mais duas semanas trabalhando sem trégua e, logo, todo o firmamento estaria exposto.

Naquela noite, dispensaram o descanso e preferiram comemorar ali mesmo, naquele imenso buraco faminto, pronto para devorar um prédio inteiro de três andares. Tinha espaço suficiente para todos, incluindo os novatos, que quase dobravam o número de Minhocas. Embora fosse a primeira grande festa para a maioria deles, não pareciam lá muito empolgados: não dançavam, recusavam a bebida, inclusive alguns pratos. É possível que também tenham cuspido fora os percevejos.

O incômodo deles era tão notório que gerava constrangimento até mesmo para os Minhocas, que já não se sentiam à vontade em trepar diante de tantos olhares de reprovação. Escondiam-se nas frestas das paredes ou recorriam aos túneis, em locais escuros ou nos emaranhados das raízes...

A Novidade, agora, era um monstro a rondar a festa, trazendo, aos Híbridos, o assombro; aos Minhocas, vergonha. Era a primeira vez que se viam intimidados pelo olhar ou pela presença de alguém. Não um olhar de quem sentia prazer em ver ou desejava interagir — nenhum tipo de *voyeurismo* —, mas centenas de olhos estarrecidos em corpos estupefatos, de braços cruzados... quando não virados de lado para disfarçar.

Emílio e Moema foram bem mais espertos e se arriscaram na superfície, em frente ao mar, à beira do abismo onde provaram, pela primeira vez, os percevejos e um ao outro. Queriam ver estrelas, sentir a brisa na face ou, quem sabe, sonhar... Era chegado o tempo em que ali habitariam e, sobre a relva verde, ergueriam suas casas, ou melhor: deitariam ao relento, contemplando a lua e assuntando as águas, como faziam naquele exato momento. Acordariam debaixo de chuva ou encharcados pelo orvalho da manhã, sentindo o carinho dos ventos e as picadas dos mosquitos.

Faltava tão pouco: mais uns dias escavando e algumas dinamites... Aliás, se pretendiam prosseguir com o plano, precisariam de um número bem maior de explosivos do que conseguiram juntar — mas não era o momento para se resolver isso. Por ora, queriam apenas conversar em um lugar tranquilo: Moema, com muitas dúvidas; Emílio, com muitos medos.

— O que é o Amor? — perguntou Moema, assim de supetão, coisa que ninguém conseguiria responder, muito menos Emílio. — Nos livros proibidos — continuou — nas histórias antigas de seu tempo, o amor se faz presente em quase todas elas, ao mesmo tempo mágico, enquanto eterno, mas trágico quando acaba. Há quem mate centenas pela vida de uma pessoa, ou quem morra pela vida de milhares; quem atravesse oceanos e enfrente gigantescas feras para viver um amor, ou quem sofra por um amor impossível... Não faz o menor sentido! Já li e reli diversas vezes, nem mesmo no dicionário encontrei uma resposta que o justificasse. Tenho certeza de que você pode me explicar melhor...

Se Moema pudesse sentir o que se passava por trás daquele olhar constrangido de Emílio, já teria a resposta de imediato. Mas uma coisa é sentir, outra é traduzir em palavras. E, a cada tentativa de respondê-la, antes que o som lhe saísse à boca, mudava de ideia tão bruscamente que mais parecia um ataque de soluços. Por fim, optou pelo discurso raso dos românticos, numa vaga e brega historinha:

— Você já sentiu vontade de ficar tanto ao lado de alguém que, mesmo cercada de inúmeras possibilidades, é com essa pessoa que você prefere estar? De querer dormir ao seu lado e acordar ao seu lado... acreditar no destino traçado por histórias passadas, ou fantasiar histórias futuras em sua companhia?

— Sim! Sinto isso todo dia e por todo mundo. Deliro quando o corpo de Aleteia encosta o meu e com as cócegas que me provocam as plumas de Ícaro. Adoro o jeito animal que Silvano me come e fico toda molhada quando você está dentro de mim. Só não entendo por que deveria restringir algo tão bom a uma única pessoa.

E, antes que Emílio pudesse respondê-la — mesmo não havendo resposta ou que lhe faltassem palavras —, um barulho no mato interrompeu a conversa, lembrando-os de que a superfície trazia outros perigos além do Sistema, como, por exemplo, os *poodles*. Estavam cercados pela matilha, impedidos de chegar ao túnel sem antes passar pelos cães famintos. A única chance que restava era correr e tentar alcançar uma árvore alta, pois Deus não deu asa às cobras, tampouco ensinou cães a escalar — e que Deus nos livre de conhecer os gatos deste século — pensou Emílio, praticamente rezando.

Mas o que faltava aos cães em tal habilidade sobrava-lhes em energia e perseverança: os bichos passaram a noite inteira latindo, rosnando, grunhindo, pulando e correndo em volta da árvore.

E, se os cães não eram vencidos pelo cansaço, o mesmo não acontecia ao casal: exaustos, dormiram agarrados aos galhos como dois gatos acuados. Emílio já nem sentia medo, muito pelo contrário: era maravilhoso poder dormir ao ar livre novamente!

XVI

Os cães só deixaram o local pela manhã, após mijarem por todos os lados. Saíram com o rabo entre as pernas, expulsos pelos elefantes que ali pararam para se coçar nas árvores — aquelas baleias arrependidas, segundo Moema, que fizeram a péssima escolha de trocar o mar pela terra e as cracas por carrapatos. Esfregavam o corpo com tanta força para livrar-se dos parasitas, que quase derrubaram o casal que dormia. Por pouco, a própria árvore não caiu.

A manada seguiu viagem, e, finalmente, puderam retornar ao abrigo. Sem nenhum interesse no sumiço dos dois, o grupo foi logo transmitindo as boas novas:

— Temos as dinamites!

— E onde estão? — animaram-se com a notícia.

— Na floresta. Jim Morrison as encontrou. São inúmeras caixas cheias de explosivos.

— Quantos vigiando?

— Ninguém! Essa é a melhor parte: parece que foram abandonadas.

— Parece? — inquiriu Moema. — Por que largariam tantas dinamites assim? Não seria prudente averiguarmos antes de qualquer ação?

— Não temos tempo! — manifestou-se Jim Morrison. — Há uma legião de soldados pronta pra "nascer", e precisamos dos explosivos o quanto antes! Andei sondando a área durante toda a semana e garanto que é segura!

Convencendo a todos, Jim Morrison solicitou que o acompanhassem apenas os mais experientes e familiarizados com os túneis. Os novatos seriam mais úteis nas escavações, com exceção de alguns soldados. Tratando-se de muitas caixas, carregou consigo metade dos Minhocas e mais uma guarnição de Híbridos para que vigiassem a retaguarda.

Chegando ao local, encontraram os volumes empilhados à sombra de uma enorme jaqueira. Só então se deram conta do quão grandes e pesadas eram aquelas caixas. Seriam necessárias umas dez pessoas fortes para carregar cada uma delas.

No subsolo, por sua vez, o grupo preparava-se para retornar às escavações. Quando finalmente conseguiram iluminar o salão, perceberam algo estranho no teto, a impressão de vê-lo se mexer, como se as rochas que o revestiam estivessem vivas. E ouviu-se um forte grito, que, de tão agudo, feria os seus tímpanos. Depois disso, foi como se todo o teto desmoronasse. Uma avalanche de gárgulas desprendia-se do alto, laçando redes sobre os rebeldes. Desnorteados pelos gritos ensurdecedores daquelas criaturas e a poeira que suas enormes asas levantavam, buscavam, em vão, escapar ao ataque, mas os novatos já haviam bloqueado as saídas, todos amotinados na emboscada. Os Minhocas, contando apenas com a metade do grupo, ficaram cercados por todos os lados, separados estrategicamente para que, em menor número, fosse mais fácil rendê-los.

Da mesma forma, na superfície, a sombra da imensa jaqueira desaparecia, como se toda a sua copa desprendesse do tronco, restando apenas uma árvore morta. Foi quando centenas de soldados, com galhos e folhas amarradas ao corpo, saltaram sobre os rebeldes trazendo redes e porretes. Outros tantos saíram das caixas, acuando-os, enquanto Jim Morrison e seus comparsas fechavam o cerco por trás. E dando voz de prisão, *the Lizard King* — que já não merecia tal nome — mostrou-se uma verdadeira víbora e assim seria lembrado: como a serpente que, uma vez no Paraíso, condenou toda a humanidade à perdição. Por que confiar num ser de sangue frio?

Acontece que, para Jim Morrison, a vida no subsolo não despertava o menor interesse, nem mesmo o sexo era tão prazeroso. Além das escamas que machucavam suas parceiras e parceiros, o próprio não sentia nada de especial: trepar ou cagar... não fazia a menor diferença! Talvez o sexo fosse assim entre os répteis: sem graça. Aliás, o que esperar de alguém que já nasceu com o corpo coberto por uma armadura, avesso ao toque, ao tato...? Nem mesmo paladar a criatura possuía: só sabia distinguir entre o doce e o azedo. Verdadeiramente, aquele lugar não era para ele, e o Gênese poderia oferecer bem mais que ficar juntando comida ou esconder-se em buracos: quem sabe, até mesmo uma posição de destaque no alto clero. Quando os Minhocas libertaram os primeiros prisioneiros — aqueles que recusaram juntar-se ao grupo —, Jim aproveitou a ocasião para acompanhá-los ao Palácio, solicitando uma reunião com o Sumo Pontífice. Contou-lhe sobre tudo o que se passava entre os rebeldes:

de como renegavam a Lei e praticavam abominações contra os Bons Costumes, corrompendo os seus, embriagando-os com vinho para os persuadir a ficar.

— Jamais conseguimos invadir o lugar, agora nos convidam a entrar? Que aceitem a oferta, então! — ponderou o Gênese. — Se não é possível entrar à força, que nos tornemos fortes lá dentro.

Porém, enquanto os infiltrados estivessem no território inimigo, sob juramento de morte, abster-se-iam de quaisquer costumes estranhos. Receberam uma lista de tudo o que deveriam recusar, dando total ênfase ao vinho: se oferecido, que fingissem beber, mas sob hipótese alguma o engolissem de verdade. Sobre o sexo, não foi necessário dizer nada.

Os rebeldes, animados com o sucesso de suas armadilhas, nem perceberam que eram eles a cair nelas. A minhoca no anzol jurava ser a pescadora: um peixe pequeno a lembrou de que era a isca; um peixe maior engoliu os dois... O Gênese era aquele que comia o grande peixe.

XVII

Sem saber o que fazer com tantos testículos que chegavam à mesa, o Gênese resolveu inovar: transformaria aquele julgamento em uma grande festa. Convidou a população inteira para testemunhar o espetáculo, com fartura de testículos fritos servida a todos. As arquibancadas do Palácio ficaram lotadas e, como nas arenas, a multidão esperava sangue.

Diante da imensa plateia, numa sentença extraordinária, Ícaro e Silvano foram condenados à forca. Era o primeiro caso de traição entre Híbridos, e precisavam dar o exemplo. Para a surpresa de Jim Morrison, a mesma sorte lhe recaiu, julgado como traidor após confessar ter experimentado vinho. Para o Gênese, quem trai uma vez trai a segunda, e Jim Morrison já havia estourado a cota. Os demais eram condenados à Ilha, homens e mulheres, com os órgãos mutilados.

Moema e Emílio foram mantidos acorrentados a duas colunas centrais da arena, deixados para o *Gran Finale*, a atração principal daquele espetáculo de dor. O Gênese estava realmente disposto a provar que também era capaz de inovar, de realizar festas e surpreender a todos, oferecendo-lhes uma alternativa à prisão em que apenas um seria poupado da Ilha. Para isso, Moema precisaria castrar Emílio e, caso tivesse êxito, poderia viver confinada junto às beatas no Palácio. Matá-la era a opção de Emílio para escapar da pena — de todo modo, seria castrado. Viveria sob o jugo do Gênese, obrigado a acompanhá-lo em todas as ocasiões e tomar nota de qualquer coisa que fizesse no seu dia-a-dia, desde aquilo que comia no café da manhã, até quantas vezes virava-se — e para quais posições — enquanto dormia. Seria seu eunuco, escravo e escriba, responsável por escrever a inacabável biografia do Gênese. Para aquele momento da história — por promover tamanho espetáculo e pela generosa oportunidade de pelo menos um dos réus ser poupado da prisão —, o Gênese já podia imaginar-se com o título de "O Benevolente", ou lembrado como "Gênese, o Inusitado". Sim, deveria constar nas páginas de sua biografia algum desses títulos, idealizava, e seria a única leitura permitida no mundo, além do Livro da Lei.

Feita a proposta, soltaram os dois prisioneiros para que se enfrentassem. Era o que faltava à arena: gladiadores. No lugar de espadas, lanças ou escudos, entregaram uma faca de serra a Moema — daquelas com que se descascam laranjas — e um martelo de carpintaria a Emílio.

A multidão aguardava ansiosa para ver a luta: formavam torcidas, faziam apostas... De um lado gritavam "capa!", do outro gritavam "morre!", mas Emílio e Moema permaneciam parados, alheios às expectativas do público. Depois de se olharem por bastante tempo e de muito choro, correram ao encontro um do outro e, ao invés de lutarem, abraçaram-se com força, misturando as lágrimas em seus rostos enquanto se beijavam. Emílio a tomou nos braços, a deitou no chão e, diante de milhares de olhos horrorizados, foderam, treparam e fizeram amor.

O Gênese espumava, aos berros, dando ordens aos soldados que os impedissem, mas nada conseguiam fazer para separá-los: estavam, literalmente, grudados.

Ali, pela primeira vez, todos puderam testemunhar aquilo que sempre temeram, mas só de ouvir falar — e não estou referindo-me ao sexo: a pele do casal borbulhava como fritura em óleo quente, e, das bolhas, eclodiam grandes vermes, ou tentáculos, ou raízes... emaranhando os seus corpos, penetrando a carne, a boca, as entranhas... saindo pelos ouvidos; corroendo-os por dentro e misturando um ao outro até restar uma imensa carcaça sólida, um só corpo entrelaçado e que mais parecia um casulo.

— É a Peste! — gritava a multidão apavorada.

E dessa vez tinham razão: era daquele jeito que se morria com a Peste Célibe — agora sabiam —, mas não era o sexo que a transmitia, e sim o Amor. Nessas condições, a doença não era tão dolorosa quanto o seu veículo: morrer de amor era muito mais suportável do que viver aquele. Pior ainda seria viver sem...

EPÍLOGO

A carcaça formada pelo casal começou a ruir, cobrindo o chão com uma finíssima poeira e que logo se liquefez. Nela, pedaços de informações genéticas nadavam numa sopa de nutrientes até que se viu formar algo semelhante a uma célula...

* * *

Emílio abriu os olhos... Finalmente abria os olhos, mas não havia ninguém para testemunhar. Não tentou levantar-se, não procurou ajuda, apenas ficou deitado, de olhos abertos, respirando... — a mente confusa entre duas lembranças: a arena, onde ele e Moema amavam-se pela última vez, e a casa de campo, no exato momento em que pescava.

Voltou a fechar os olhos e estava mais uma vez com a lata de minhoca nas mãos: lançou o anzol na água, fisgou o peixe, trepou com Moema à beira do lago... depois, subiram para preparar o jantar. Sentada no sofá, Moema o provocava, abrindo e fechando os joelhos, sem calcinha, enquanto Emílio temperava o peixe e se distraía vendo sua boceta aparecer e sumir, aparecer e sumir... Os grandes lábios, acompanhando o movimento das pernas, pareciam falar, chamando-o para dentro dela, e Emílio, como que por encanto, largou o peixe sobre a tábua, atendendo ao convite.

Não repararam a luz do farol na janela, nem deram importância ao barulho do carro: ele, com os olhos e ouvidos vedados pelas coxas de Moema; ela, com a imaginação livre, a pensar nas delícias do mundo enquanto Emílio a chupava. A distração é o gozo supremo da liberdade, mas não naquele caso.

Emílio voltou a abrir os olhos e se viu, novamente, cercado pelo *poodle* e sua matilha, ele e Moema, no precipício à beira-mar: "Foge!", ela gritou, mas Emílio nem se levantou, nem conseguiu virar-se. Antes que tivesse a chance, recebeu uma forte pancada na cabeça, e os cães desapareceram. No lugar deles, um velho homem com um martelo em punho e quatro capangas.

O bicheiro voltara de viagem antes do previsto. Andava desconfiado da esposa e resolveu fazer uma visita surpresa no sítio. A entrada foi tão brusca que mal deu tempo de Moema assustar-se. Emílio ainda a chupava quando o acertaram com o martelo. Em seguida, arrancaram suas bolas usando a mesma faca com que limpava o peixe e as mergulharam em gordura quente, forçando Moema a comê-las com o óleo ainda pelando. E com a mesmíssima faca cortaram o cabelo da moça e o rasparam por inteiro, juntamente com as sobrancelhas. Não satisfeitos, despejaram o óleo quente sobre as suas costas e a maltrataram tanto, mas tanto, que Moema não resistiu... Seu corpo nunca foi encontrado — se é que, algum dia, a tenham procurado. Talvez ninguém, nem mesmo a família, soubesse de seu sumiço.

Emílio, por sua vez, foi lançado ao mar do alto de um despenhadeiro. Pescadores o encontraram desacordado dentro de um buraco na encosta. Havia perdido muito sangue, e as varejeiras colonizavam os ferimentos, por isso acreditavam que já estivesse morto até a chegada da ambulância.

No hospital, dividiu quarto com outras duas pessoas: um velho pastor evangélico e um homem muito gordo que havia tido complicações na cirurgia bariátrica. Frequentemente, membros da igreja visitavam o pastor: faziam orações, cantavam hinos e liam passagens bíblicas para ele.

Certo dia, escolheram um trecho do Apocalipse — uma passagem um tanto inapropriada à situação do enfermo — sobre uma besta que emergia do mar com dez chifres em cada uma de suas sete cabeças. Parecia um leopardo, com patas de urso e a boca de leão. Ferida à espada, escapara da morte, e, vendo o seu ferimento curar, uma multidão maravilhada a seguiu.

"E sua boca proferia arrogâncias, blasfêmias e autoridade para agir durante quarenta e dois meses".

Também havia uma segunda criatura que lembrava um cordeiro, mas que falava como um dragão e convencia toda a nação a apoiar a primeira besta...

E sucedeu, naqueles dias, do velho pastor vir a óbito. Não satisfeita, a Morte levava também o homem obeso, ambos, por complicações cardíacas. Depois deles, diferentes pessoas ocuparam aqueles leitos: um cozinheiro com graves queimaduras na pele, um artista plástico que sofrera acidente de bicicleta, uma jovem musicista que havia ingerido a cartela inteira de comprimidos...

Também passaria por aquele hospital certo militar da reserva que havia sido esfaqueado e sairia de lá Presidente do Brasil — muito embora suspeitassem de que o atentado não passaria de uma farsa. Um sujeito grosseiro e autoritário que, com um discurso moralista, convenceu até mesmo a igreja do falecido pastor a apoiá-lo.

Durante o seu governo, sob o pretexto de levar democracia à Venezuela, os Estados Unidos da América montariam uma base militar em solo brasileiro, segundo eles, um lugar estratégico, a Amazônia, onde poderiam explorar livremente os seus recursos para, de lá, saquear a Venezuela.

E, enquanto seus planos de invasão não passavam de uma ameaça delirante, o mundo viu-se invadido por uma ameaça real: um vírus letal que se alastrou rapidamente por todos os continentes. O comércio parou, também as escolas, a boca de fumo... por último, as igrejas. Não havia hospital suficiente. Não havia cemitério suficiente. Não havia informação suficiente. As pessoas ficaram confinadas em suas casas, sem nenhum contato físico... — uma medida desesperada para conter a pandemia. Diferente da Peste Célibe, o isolamento, nesse caso, era um importante e difícil ato de amor ao próximo, bem como um ato de resistência, pois os líderes do mundo inteiro aderiram à causa, menos o senhor da facada, um genocida por excelência, porém covarde, deixando a cargo da pandemia executar os seus planos de extermínio.

Mudaram governos, Estados Unidos e Venezuela agora são aliados — quem diria? —, enquanto antigos inimigos voltavam a se enfrentar. Deve haver uma fenda no tempo... Só pode haver uma fenda no tempo — Os russos estão chegando! Como se não bastasse, desenterraram a Guerra Fria e, com ela, a ameaça de uma nova Grande Guerra... — no Chile, sopram novos ares.

Mas Emílio passou todo esse período desacordado. Agora, finalmente, abria os olhos, e não havia uma única pessoa para lhe dar boas-vindas. Não quis levantar-se, não chamou ninguém... Ficou ali parado, de olhos abertos, olhando para um ponto fixo no teto:

— Como são lindas as estrelas no céu...

FIM

YUSSEF FRANCIS KALUME

nasceu no Piauí, em 1979, e viveu a adolescência em Brasília, onde estudou Jornalismo. Apaixonado por contar histórias — e vendo que no Jornalismo era outra história —, mudou-se recém-formado para o Rio de Janeiro, para trabalhar com Cinema. A mesma paixão o levou à escrita, e, em 2021, publicou seu primeiro livro de contos, *Ensaio sobre o fim*, também pela Editora Urutau.

este livro foi editado

no inverno

de 2022